Philippe

Inspirierend zum Lebensglück

Manolo Link

Bibliographische Information
der Deutschen Nationalbibliothek:

Die Deutsche Nationalbibliothek
verzeichnet diese Publikation
in der Deutschen Nationalbibliographie;
detaillierte bibliographische Daten sind im Internet
über http://dnb.ddb.de abrufbar.

Lektorat: Monika Thees, Berlin
www.monika-thees.de

ISBN 978-3-00-042022-1

Dieses Buch widme ich in Liebe

meinen Eltern

Katharina und Ferdinand Link

Philippe

Juan ließ das Gefühl nicht los, am falschen Ort zur Welt gekommen zu sein. Er lebte in einer großen Stadt. Die vielen Menschen und Autos bereiteten ihm ein ums andere Mal Unbehagen. Juan liebte den Park, der sich am Ortsende befand. Am meisten imponierten ihm die riesigen Bäume, die bis in den Himmel zu ragen schienen. Auf einer Anhöhe befanden sich steinalte, moosbedeckte Eichen, die ihm manchmal unheimlich vorkamen. Wie Greise wirkten sie. Inmitten der Bäume thronte eine kleine Kirche aus grauem Naturstein. Im Park hielt er sich gerne auf, spielte mit seinem Freund Nicolas Entdecker, war aber oft allein. Seine großen braunen Augen strahlten jedem entgegen, der sich ihnen öffnete. Die Schule war ihm nicht so lieb, doch tat er sich leicht in der zweiten Klasse, weil er seine Lehrerin sehr mochte.

An einem schönen Sommertag, zur späten Nachmittagsstunde, saß Juan auf seiner Lieblingsbank, betrachtete ein Eichenblatt in seiner Hand und lauschte dem lieblichen Gesang der Vögel. Ein alter Mann mit einem Stab und langem Mantel kam langsam auf ihn zu. Juan erschrak. So einen Mann, in solch ungewöhnlicher Kleidung, hatte er nie zuvor gesehen. Sein erster Gedanke: weglaufen. Doch aus irgendeinem Grunde blieb er sitzen. Der Alte kam näher. Juan beobachtete jeden seiner Schritte.

»Guten Tag«, begrüßte der Mann Juan mit einer leichten Verbeugung, als er kurz vor der Bank stehen blieb, und lüftete seinen Hut.

»Guten Tag«, erwiderte Juan verlegen.

»Darf ich mich zu dir setzen?«, fragte der Alte.

»Ja – ja doch«, stammelte Juan.

»Ich heiße Alfredo, und wer bist du?«

»Ich – eeehm – Juan.«

Alfredo reichte ihm seine Hand. Juan drückte sie und fühlte etwas wie einen leichten Stromschlag, der seinen Körper durchfuhr.

»Magst du Geschichten?«, fragte Alfredo den Knaben.

»Ja, ich liebe Geschichten.«

»Nun gut, dann will ich dir eine Geschichte erzählen, die sich vor langer Zeit ereignet hat.

Philippe war sechs Jahre alt. Sein Vater Ángel und seine Mutter Rosa waren schon bei seiner Geburt voller Verwunderung. Sie hatten zwar bereits drei Kinder, Laura, Anna und Ramon, doch bei Philippe war etwas anders. Ganz anders. Als er zur Welt kam, strahlten seine Augen auf eine eigentümliche Weise, für die niemand eine Erklärung fand. Alle, die Philippe anschauten, verschlug es die Sprache.«

Juan rutschte aufgeregt hin und her und lauschte gespannt den Worten des Alten.

»Nun, da sich Philippes Augenfarbe, wie es bei allen Babys üblich ist, veränderten, stellten seine Eltern eine weitere Besonderheit fest. Jeder, ausnahmslos jeder, der in die Augen ihres Kindes sah, strahlte ebenso. Wenn die Menschen sich in Philippes Nähe aufhielten, fühlten sie Freude in ihren Herzen.

Im fernen Galicien, in Nordspanien, lebte Philippes Großonkel Fernando mit seiner Frau Dolores. Ihre fünf Kinder waren schon lange aus dem Haus. Es hatte sie in die weite Welt verschlagen. Das Dorfleben war ihnen zu langweilig. Fernando war bei allen beliebt, weil ihm stets ein Scherz auf den Lippen lag. Für sein fortgeschrittenes Alter hatte er noch kräftige Haare, die nicht vollends ergraut waren. Seine knollige Nase war etwas zu groß geraten, doch verunstaltete sie ihn nicht. Auffallend waren seine glänzenden blauen Augen, wie sie in Galicien nicht oft zu sehen waren. Seit Jahren hatte Fernando große Probleme mit seiner Gesundheit, wovon niemand wusste. Selbst in Gegenwart seiner Frau hatte er nie ein Wort darüber verloren, auch wenn die Schmerzen noch so stark waren. Er wollte niemanden mit seiner Krankheit belasten. Warum auch, es würde ihn nicht gesünder machen, wie er glaubte. Kein Arzt wusste Rat.

Ein tiefes Gefühl begleitete ihn, seit er von Philippes Geburt erfahren hatte: ›Ich muss zu Philippe‹, hatte er immer wieder zu Dolores gesagt.

›Ich muss Philippe sehen. Ich muss ihn sehen.‹

›Dann gehe endlich, du folgst doch sonst auch immer deinem Gefühl‹, hatte Dolores ihm eines Tages nahegelegt.

An einem wolkenverhangenen Frühlingstag schnürte Fernando sein Bündel, zog seine besten Schuhe und den alten Mantel seines Vaters an und machte sich auf den weiten Weg. Eine lange, gefährliche Reise lag vor ihm. Wegelagerer, extreme Wetterverhältnisse, Krankheiten und Hunger erwarteten ihn. Doch Fernando blieb keine Wahl – eine innere Stimme sagte ihm, dass er gehen müsse. Und da war noch etwas Spezielles, dass Philippe und Fernando verband. Er hatte eine Vermutung.

Die Bischofsstadt, in der Philippe lebte, war weit entfernt. Fernando und Dolores besaßen nicht viel Geld. Ein wenig konnte er mitnehmen. Doch er wusste, dass es nicht ausreichen würde. Es geht schon, hatte er Dolores beruhigt, die sich Sorgen machte. Während er dem unebenen Weg folgte, traten die stechenden Schmerzen in seinem Rücken wieder auf. Manchmal waren sie so stark, dass er nicht weitergehen konnte. Dann setzte er sich hin, trank Wein und fühlte Erleichterung. Fernando wusste nicht, wie lange er bis zur Stadt gehen musste. Er war sich nicht sicher, ob er es überhaupt erleben würde.«

Juan fühlte sich in eine andere Zeit, in eine vollkommen neue Welt versetzt. Denn der Alte war ein Meister im Geschichtenerzählen.

»Fernando war von kräftiger Gestalt«, fuhr der Alte fort. »Mit seinem riesigen Stab, der ihn vor wilden Tieren und Gesindel schützen sollte, sah er Respekt einflößend aus. In Finisterre, dem Dorf, in dem seine Familie seit Generationen lebte, war er beliebt. Nicht ausschließlich wegen seines sonnigen Humors: Seine Nachbarn brauchten ihn nicht zweimal um Hilfe zu bitten. Fernando war ein feiner Geselle. ›Der ist von Gott gesegnet‹, sagten sie hinter seinem Rücken. Er war ein Mensch, dem das Glück zufiel. Leider traten die Schmerzen irgendwann in sein Leben. Das stimmte ihn traurig. Wenn er alleine war, ließ Fernando seinen Tränen freien Lauf. Sein Vertrauen in Gott jedoch hatte er nie verloren.

Es war schon dunkel, als Fernando einen Bauernhof erreichte. Licht brannte in der Kammer. Er klopfte an die Holztür. Schritte näherten sich. Ein alter Bauer öffnete die Tür einen Spaltbreit, schaute ihm in die Augen und wusste im gleichen Moment, dass ein guter Mensch vor ihm stand.

›Komm rein, Wanderer, sei willkommen.‹

›Danke‹, erwiderte dieser.

Der Bauer führte Fernando in die Küche, holte Wein und rief nach seiner Frau: ›Bring Brot und Suppe.‹ Minuten später trat die Bäuerin in die Kammer, stellte Brot und heiße Suppe, in der ein paar Brocken Fleisch und Gemüse schwammen, auf den Tisch und begrüßte Fernando mit einem leichten

Kopfnicken. ›Iss!‹, sagte der Bauer und goss Wein in den Becher.

›Woher kommst du, Fremder, und wohin willst du?‹

›Ich komme aus Finisterre in Galicien und befinde mich auf dem Weg in die Bischofsstadt.‹

›So, in die Bischofsstadt willst du. Das ist noch ein langer Weg, und gefährlich ist er. Schon viele sind überfallen und beraubt worden in den Wäldern. Dort treibt sich übles Gesindel herum.‹

Der Bauer goss Wein nach. Suppe und Wein stärkten Fernando.

›Warum, Fremder, nimmst du so einen gefährlichen Weg auf dich?‹

›Ich muss zu meinem Großneffen Philippe.‹

›Nun‹, sprach der Bauer. ›Du bist alt genug, musst wissen, auf was du dich einlässt. Heute Nacht kannst du hierbleiben.‹

›Danke‹, sagte Fernando und leerte seinen Becher.

›Komm, ich zeige dir die Kammer.‹

Fernando nahm sein Bündel und folgte dem Bauern, der ihn in ein kleines Zimmer führte, in dem sich ein Bett, ein Stuhl, ein Schrank und ein kleiner Tisch befanden, auf dem eine weiße Schüssel stand. Bevor er sich ins Bett legte, wusch er sich und reinigte seine Zähne. Träume von einem Buben, der ihm beständig etwas zuflüstern wollte, begleiteten seinen tiefen Schlaf.

Der Bauer und seine Frau standen früh auf den Beinen, weil sie das Vieh versorgen mussten. Die

Bäuerin hatte für Fernando ein kleines Frühstück zubereitet. Als dieser in die Küche trat, Brot und Käse auf dem Tisch sah, strömte Wärme und Dankbarkeit in sein Herz. Gute Menschen sind es, dachte er und setzte sich an den alten Holztisch neben dem Ofen, in dem ein kleines Feuer loderte.

Die Bäuerin erschien eine Weile später, nickte kurz, nahm eine große, graue Kanne vom Ofen und goss Fernando eine braune Flüssigkeit in seinen Becher. Was es war, wusste er nicht. Wahrscheinlich Tee von Kräutern aus Wald und Feld. Bevor Fernando den Bauernhof verließ, ging er zum Stall, dankte dem Bauern und verabschiedete sich. ›Guten Weg‹, wünschte dieser.

Fernando war schon viele Tage unterwegs, fühlte Müdigkeit, die von seinem Körper Besitz ergriff. Die Wälder lagen vor ihm. Obwohl er Vertrauen hatte, spürte er eine leichte Unruhe. Er hielt den Stab nun fester in seiner Hand. Vögel zwitscherten, hin und wieder vernahm er ein Rascheln im Unterholz, Wind strich über die Baumkronen. Ein Flüstern schien den Wald zu durchlaufen, als wenn er seine eigene Sprache hätte. Vielleicht ist dem ja so, dachte Fernando und lauschte aufmerksam. Der liebe Gott hat eine schöne Welt erschaffen: Tiere, Bäume, Blumen, die Wolken und das Meer, das Fernando besonders liebte, waren ihm Beweis der Gegenwart Gottes. Gott ist allgegenwärtig, da war er sich sicher. In allem ist Gott, und er ist schön, der Gott. Manchmal glaubte Fernando die Vögel zu verstehen, wenn sie sich mitteilten. Sie gefiel ihm, die Vogelsprache. Seit seiner Kindheit tat er es ihnen gleich, pfiff, versuchte sie nachzuahmen, liebte sie und fühlte sich von seinen gefiederten Freunden verstanden. Auch sie liebten ihn.

»Kannst du noch zuhören?«, fragte der Alte.
»Ja, ja«, erwiderte Juan.

»Natürlich fühlten Tier und Mensch die Liebe, die Fernando ausstrahlte. Solch ein Mensch ist ein Segen für jeden, der ihm begegnet.

Fernando musste weinen. Doch dieses Mal nicht vor Schmerz. Der Grund für seine Tränen war die Liebe, die er in seinem Herzen fühlte. Liebe zu jener wundervollen Natur, Liebe zu seinem Leben und eine tiefe Liebe zu Gott. Fernando setzte sich auf einen alten, umgefallenen Baum, der sein Leben gelebt und Jüngeren Platz gemacht hatte, nahm sein Bündel und steckte sich ein Stück Brot in den Mund, das er langsam und bedächtig kaute. Fernando aß Brot mit Bewusstheit. Es war ihm heilig, nährte ihn und erhielt sein Leben. Dies war ein Grund mehr, dankbar für jedes Stück Brot zu sein. Dankbar fürs Leben, das es ihm spendete. Brot bedeutet Leben, ebenso wie Wasser und die klare saubere Luft. Leben – dachte Fernando. Leben ist ein kostbares Geschenk. Ein Geschenk des Himmels. Er musste an Philippe denken und fühlte wieder jene enge Verbundenheit zu dem Kind.

Fernando hatte nie große Wünsche gehabt. Er besaß alles, was sein Leben reich und glücklich machte. Dolores war ihm immer eine gute Frau gewesen. Sie hatte ihm fünf gesunde Kinder geschenkt, hatte den Haushalt und das Vieh versorgt. Reich waren sie nicht, doch hungern mussten sie nie. Auch blieb die Familie von schweren Krankheiten verschont. Fernando besaß ein kleines altes Fischerboot von seinem Vater. Es reichte, um die hungrigen Mäuler satt zu bekommen. Und es reichte, um auf dem Markt einige Dinge gegen Fische, die sie entbehren konnten, einzutauschen. Fernando betrachtete das Stück Brot in seiner Hand und steckte es zurück in seinen Beutel.«

Der Alte wandte seinen Kopf. Juan schaute in sanftbraune Augen.

»Du musst sicher nach Hause«, sagte Alfredo.

»Nein! Ich muss noch nicht nach Hause«, protestierte Juan. »Ich will die Geschichte weiterhören. Bitte, bitte, erzähl weiter.«

»Morgen, wenn die Sonne in der Mitte der beiden alten Eichen steht, treffen wir uns hier an der Bank. Dann erzähle ich dir, wie es weitergeht.«

»Und du kommst auch – ganz bestimmt?«

»Ja, gewiss, du kannst dich auf mich verlassen. Gehe nun nach Hause und hab vielen Dank fürs Zuhören.«

Juan rannte los. Seine Eltern stellten am Abend eine Veränderung bei ihrem Sohn fest. Schon die Art, wie er sein Brot aß, wunderte sie.

»Warum isst du dein Brot so langsam und schaust es dauernd an?«, fragte ihn seine Mutter.

»Es schmeckt so gut«, antwortete Juan mit vollen Backen.

»Es schmeckt einfach gut«, wiederholte er.

Seine Mutter runzelte die Stirn. An diesem Abend konnte Juan lange nicht einschlafen. Die Augen des Alten waren stets gegenwärtig. Namen kreisten in seinem Kopf – *Philippe, Fernando – wie geht's weiter? Wird Fernando Philippe jemals begegnen?*

Als er am nächsten Morgen seine Augen öffnete, sah er sich in seinem Zimmer um und konnte seine Gedanken nicht so recht einordnen. *Wo bin ich, was mache ich hier?* Sein Blick fiel auf das vertraute Bild mit dem Meer, das er so sehr liebte. Es holte ihn in die Wirklichkeit zurück. *Wenn die Sonne zwischen den zwei Eichen steht, kommt er.* Einen Augenblick lang fasste er den Gedanken, seinem Freund Nicolas etwas von dem Alten zu erzählen. Doch er verwarf ihn schnell wieder. Juan ahnte, dass die Geschichte einzig und allein für ihn bestimmt war. Sonst wäre der Geschichtenerzähler ja schließlich zu Nicolas oder anderen Kindern gekommen und nicht zu ihm.

Seine Lehrerin wunderte sich ebenfalls über Juan. Er war stets aufmerksam und wusste auf jede Frage eine Antwort. Auch wenn sie nicht immer richtig war. Juan war liebenswürdig und freundlich, auch zu seinen Schulkameraden. Doch an diesem Tage musste sie ihn oft ermahnen, nicht immer aus dem Fenster zu starren: »Sonst bist du doch immer so aufmerksam, Juan. Was gibt es draußen so Faszinierendes?«

»Eeeh, nichts«, stotterte Juan, verfiel jedoch schnell wieder in Träumereien. *Wenn die Sonne in der Mitte der Eichen steht.*

Nach Schulschluss rannte er nach Hause, stellte seinen Ranzen in die Ecke und schaute sich das Meeresbild an der Wand länger als gewöhnlich an. Das Meer hatte ihn schon immer fasziniert. Seit er wusste, dass es existierte. Wo auch immer ein Bild vom Meer auftauchte, zog es ihn magisch an. Wenn jemand nur das Wort *Meer* in seinen Mund nahm, geschah etwas mit ihm. Es war sein größter Wunsch, einmal in seinem Leben das Meer zu sehen. Nein, nicht nur ein einziges Mal am Meer zu sein. Am Meer wollte Juan leben. Für immer leben.

Bereits am frühen Nachmittag hielt sich Juan im Park auf. Ständig beobachtete er den Stand der Sonne, war ungeduldig, zappelte auf der Bank herum. *Wie lange dauert es denn noch? Wann kommt er endlich?* Leute gingen vorbei, schauten ihn an. Er drehte sich weg, erwiderte ihren Blick nicht und schnitzte weiter an einem Stock – mit seinem

Lieblingsmesser, das ihm sein Vater zum Geburtstag geschenkt hatte. Nun war die Sonne hinter der linken alten Eiche verschwunden. Es konnte nicht mehr lange dauern. *Muss sie denn genau in der Mitte stehen? Vielleicht kommt er ja ein paar Zentimeter früher.* Je näher die Sonne der Mitte zustrebte, desto aufgeregter wurde er. *Hoffentlich kommt er überhaupt.*

Er kam, und zwar pünktlich auf den Millimeter, wie Juan glaubte. Die Erscheinung des Alten hatte etwas Erhabenes. Er ging langsam. Sein Gesicht war unter seinem breiten, zerknitterten Hut verborgen. Juan wollte aufspringen, etwas hielt ihn jedoch davon ab. Seine Hände umklammerten die Bank. Er zog die Schultern hoch, ließ sie wieder sinken. Rutschte hin und her. Dann stand der Geschichtenerzähler vor ihm und lächelte: »Guten Tag, Juan«, und setzte sich neben ihn.

»Hallo«, grinste Juan verlegen und konnte seine Freude nicht verbergen.

Der Alte fuhr fort.

»Nachdem Fernando seine Augen wieder geöffnet hatte, wunderte er sich, dass er neben einem alten Baum lag und eingeschlafen war. Er öffnete sein Bündel, trank einen Schluck Wein und nahm ein Stück Brot. Im Stillen dankte er für den neuen Tag, den er als ein weiteres Geschenk ansah. Nach dem bescheidenen Frühstück stand er auf, packte sein Säckel und machte sich auf den Weg, der nun bergan verlief. Fernando fühlte sich gut und ausgeruht. Der

Wald wurde lichter, Sonnenstrahlen erhellten das junge Grün der Blätter. Ein Duft umgab ihn, den er aus Kindheitstagen kannte. Die Luft war klar. Das Aufwärtsgehen verlangte einiges an Kraft. Eine Scheune diente ihm als Schlafplatz für die Nacht. Stroh wärmte ihn. Hin und wieder vernahm er ein Rascheln. Mäuse wahrscheinlich. Doch sie störten ihn nicht, hatten ihre eigenen Wege.

Die Tage vergingen, Fernando kam gut voran. Ein ungutes Gefühl gesellte sich zu seiner Müdigkeit. Plötzlich sprangen drei Männer aus dem Gebüsch und versperrten ihm den Weg. Sie hielten dicke Stöcke in ihren Händen. Finstere Gesellen. Fernando hielt seinen Stab schützend vor seinen Körper. Dann stürzten sie sich auf ihn. Die ersten Attacken konnte er noch abwehren. Doch sie waren zu stark, schlugen und traten auf ihn ein.

Als er das Bewusstsein wiedererlangte, brummte sein Schädel. Der eiserne Geruch von Blut stieg in seine Nase. Seine Sachen lagen verstreut um ihn herum. Er griff in die Hosentasche. Das wenige Geld, das er zuvor besessen hatte, war weg. Langsam versuchte er auf die Beine zu kommen. *Wenigstens haben sie mir mein Leben gelassen.* Seine Rippen schmerzten. *Vielleicht gebrochen.* Er band sich zur Stütze ein Hemd um den Leib. *Verdammtes Pack!* Nachdem er die Sachen, die ihm geblieben waren, eingesammelt hatte, setzte er seinen Weg fort, langsam fort. Das Gehen fiel ihm schwer. Öfters rastete Fernando. An einer Quelle reinigte er die blutverkrusteten Haare und sein Gesicht. Die Wunde hatte glücklicherweise aufgehört zu bluten. *Schlimmer hätte es kommen können.«*

»Gemeine Schurken!«, schrie Juan.
»Ja, es gibt leider Gesindel.«

»Nun, da Fernando so schnell nicht unterzukriegen war und zudem fest an sein Ziel glaubte, schleppte er sich voran. Schritt für Schritt setzte er einen Fuß vor den anderen. Der Wald gab ihm nicht viel an Nahrung. Quellen, Bäche und Flüsse boten ihm frisches Wasser.
Drei Tage nach dem Überfall erreichte er spät mit letzter Kraft einen abgelegenen Hof, der ein wenig verwahrlost schien. Eine kleine alte Frau öffnete auf sein Klopfen. Sie betrachtete ihn von oben bis unten: ›Komm rein, Fremder‹, sagte sie mit einer leichten Kopfbewegung. Fernando trat ein. Die Alte führte ihn in die Küche. Ein Feuer brannte im offenen Kamin. Über den Flammen hing ein schwarzer Topf, in dem irgendetwas brodelte. ›Suppe‹, sagte die Frau, nahm eine braune Holzschüssel vom Regal, füllte sie bis zum Rand und stellte sie vor ihm auf den Tisch. Dann schnitt sie ein dickes Stück Brot von einem Laib und legte es samt einem Holzlöffel neben die Schüssel. ›Wein‹, murmelte sie vor sich hin, verließ die Küche und erschien kurze Zeit später mit einem braunen Krug und einem Becher. ›Danke‹, sagte Fernando. ›Iss‹, erwiderte die Alte. Fernando tauchte

den Löffel in die Schüssel, nahm das Brot und freute sich über die Mahlzeit.

›Du siehst müde und zerschunden aus‹, meinte die Alte, während sie sich ihm gegenüber auf den Stuhl setzte.

›Vor drei Tagen haben mich drei dunkle Gesellen ausgeraubt.‹

Die Alte betrachtete ihn schweigend. ›Kannst die Nacht bleiben. Bist eh zu schwach, um weiterzugehen.‹

›Danke, in Gottes Namen‹, antwortete Fernando erleichtert.

›Woher nur, Fremder, kommst du?‹

›Aus Galicien, Finisterre. Ich bin Fischer.‹

›Galicien? Nie gehört von einem Land, das sich so nennt. Wohin gehst du?‹

›Zur Bischofsstadt, wo Philippe mein Großneffe lebt.‹

›Der Weg ist weit und gefährlich.‹

›Ja, es ist noch weit‹, antwortete Fernando und schlürfte seine Suppe. Wohlige Wärme und neue Kräfte breiteten sich in seinem Körper aus. Die Alte schaute ihm amüsiert zu.

›Lang ist's her, dass jemand an diesem Tisch mit mir gesessen hat. Mein Mann ist vor vielen Jahren gestorben. Er war ein Guter, hat viel gearbeitet. Kinder hatten wir keine.‹

Die Alte begleitete Fernando zur Kammer, nachdem dieser seine dritte Schüssel Suppe geleert hatte.

Er zog Hemd und Hose aus, hängte sie geordnet über den Stuhl, legte sich ins Bett und verfiel in einen tiefen Schlaf. Im Traum erschien ihm abermals Philippe, der wieder eine Nachricht für ihn zu haben schien. Doch Fernando konnte die Worte nicht verstehen. Sie waren weit weg, vernebelt, einer anderen Welt verhaftet. Wie sehr er sich auch bemühte, er verstand die Botschaft nicht. Als er seine Augen wieder öffnete, schien die Sonne durchs Fenster. Fernando sah sich im Zimmer um, und versuchte zu ergründen, wo er sich befand.

Er stand auf, schüttete aus dem Krug Wasser in die Schüssel, wusch sein Gesicht und seinen Körper, kleidete sich an und ging in die Küche. Das Feuer war niedergebrannt. Auf dem Tisch befanden sich ein Teller, ein Messer, ein Korb mit Brot, Butter, Käse, Honig, Milch und ein Becher. Über der Feuerstelle hing ein kleiner silberner Topf. Von der Alten war weit und breit nichts zu sehen. Er nahm den Becher und füllte ihn mit der Brühe, die nicht mehr ganz heiß war. Im gleichen Moment vernahm er das Knarren einer Tür. Wenige Augenblicke später stand die Alte in der Küche.

›Gut geschlafen?‹

›Ja, ich habe gut geschlafen.‹

›Du warst sehr müde. Iss nur, es ist genug Brot da.‹

›Danke.‹

Die Alte setzte sich und schaute ihn schweigend an: ›Du kannst so lange bleiben, wie du willst.‹

›Danke für das Angebot, vielleicht wäre es gut, noch eine Nacht zu bleiben, bis ich wieder bei Kräften bin.‹

Die Alte nickte, stand auf, ging raus und erschien kurze Zeit später mit einem kleinen Gefäß, das sie ihm reichte.

›Hier, das kannst du dir auf deinen zerschundenen Leib reiben.‹ Fernando ging auf sein Zimmer und verteilte die Salbe auf seine Wunden.

Am Abend erzählte ihm die Alte eine Geschichte: ›Als Kind war ich oft im Wald. An einem warmen Sommertag erschien auf einer Lichtung ein kleines engelhaftes Wesen. Ich erschrak, als ich sie sah. Ihre Augen strahlten weich, kristallen. Ich war vielleicht sieben oder acht Jahre alt. So genau kann ich mich nicht erinnern. Ich fragte, wer sie sei und woher sie komme. Von weit her käme sie und hätte eine wichtige Botschaft für mich, war die Antwort. Arlamelia sei ihr Name. Sie setzte sich ins Gras mitten auf die Lichtung.‹

›Mein Vater hat mich geschickt‹, begann sie.

›Ich soll den Menschen mitteilen, dass es viele andere Zivilisationen vor Millionen von Jahren auf der Erde gegeben hat. Wir waren das Volk der Selikaaner, ein hoch entwickeltes Volk, das in der Lage war, friedvoll und in Liebe miteinander zu leben. Irgendwann mussten auch wir die Erde verlassen, weil in einer anderen Welt neue Aufgaben auf uns warteten. Doch nun, da wir gesehen haben, dass die Menschheit auf dem Wege ist, sich durch Egoismus und

Habgier selbst auszulöschen, musste mein Vater eingreifen. Deshalb bin ich und mit mir, viele andere ausgesandt worden. Die Menschen sind vom rechten Pfad abgekommen. Wir können sie nicht zwingen, andere Wege einzuschlagen, weil sie einen freien Willen besitzen. Doch es ist uns von Gott erlaubt, ihnen den richtigen Weg zu weisen. Einer dieser Wege ist der Jakobsweg nach Santiago de Compostela. Viele Millionen, die spüren, dass einiges in ihrem Leben nicht mehr stimmig ist, werden sich aufmachen. Der Jakobsweg war schon immer eine ganz besondere Route. Eine himmlische Energie ist ihm eigen, die den Menschen, die sich ihr öffnen, alles gibt, was sie für ihre und aller Glückseligkeit benötigen. Viele werden auf diesem Weg weinen. Die Tränen werden sie reinigen. Verletzungen, Trauer und Ängste werden sich lösen. Menschen, die sich nie zuvor begegnet sind, werden eine tiefe Liebe zueinander empfinden, wie es normalerweise nur unter Brüdern und Schwestern üblich ist. Ihnen wird nicht bewusst sein, weshalb das so ist. Diese Liebe ist eine heilende, lehrende, selbstlose Liebe. Die Menschen haben nur eine Chance zu überleben: Sie müssen einander lieben und vergeben. Vergebung führt zur Heilung.

Jeder, ausnahmslos jeder, der auf den Jakobsweg gesendet wird, darf sich glücklich schätzen. Nach der Pilgerschaft wird er seine Erfahrungen weitergeben. Die Pilgerfamilie wird wachsen. Sie wird sich über die gesamte Erde ausbreiten und Liebe, Frieden, Verständigung und Gemeinsamkeit verbreiten. Es wird viele andere Pilgerwege auf der Erde geben, welche die gleiche Funktion innehaben. Das ist gleichzeitig der Anfang paradiesischer Lebensumstände auf der Erde. Wenn die Menschen dieses Ziel erreicht haben – es wird lange dauern –, dann sind sie erlöst und können ewig in Liebe, auch in anderen Welten leben. So wie wir, die Selikaaner. Es gibt viele, unzählige Planeten wie die Erde, auf denen menschenähnliche Wesen leben.‹

›Sie senkte ihre Augenlider und verschwand, genauso plötzlich, wie sie erschienen war. Ich habe noch lange auf der Lichtung gesessen. Meine Mutter fragte mich abends mehrmals, was mit mir geschehen sei. Ich hatte Angst, ihr von der Begegnung zu erzählen. Sie hätte mich für verrückt erklärt. Des Öfteren schon hatte sie mir gesagt, dass ich sonderbar sei. Nicht normal.‹

Während die Alte erzählte, füllten sich ihre Augen mit Tränen. Tränen des Glücks, der Liebe. In jenem Moment erstrahlte all das Unfassbare, von dem sie erzählte, in ihren Augen. Das gesamte Universum schien darin aufzuleben.

›Seit diesem Erlebnis ist Friede in mir. Selbst als mein Mann gestorben ist, war ich nicht entsetzt, weil ich das Vertrauen in mir habe, dass wir nach dem Tode in anderer Form weiterleben werden. Ich glaube, dass unser Leben niemals enden wird. Verändern wird es sich, doch nie enden.‹

Fernando hätte ihr ewig zuhören können und war dankbar für die Geschichte. In der Nacht lag er lange wach, schaute aus dem Fenster, auf die zahllosen Lichter am Firmament. *Ja, dort draußen existieren unzählige Welten, unzählige Lebensformen, die wir mit unserem begrenzten Denken nicht erfassen können. Wundervolle Welten.* Fernando verspürte eine Sehnsucht nach diesen Welten, die er sich bunt, hell und von Liebe durchdrungen vorstellte.

Er schlief lange, ungewöhnlich lange. Es war taghell, als Fernando aufstand. Das Frühstück war gerichtet, als er die Küche betrat. Fernando setzte sich, aß Brot, fühlte neue Kräfte in seinem Körper und entschloss sich, weiterzugehen. Zum Abschied gab die Alte ihm Wein, ein großes Stück Brot, Käse und Hartwurst.

Fernando wanderte nun über eine Hochebene. Wie lange er schon unterwegs war, wusste er nicht. Es kam ihm vor wie Jahre. Wenn er in den Ortschaften fragte, wie weit es bis zur Bischofsstadt sei, bekam er unterschiedliche Antworten. Einige Tage noch meinte einer. Wochen, gar Monate müsse er noch wandern, war die Meinung manch anderer. Fernando war müde. Seine Schuhe mussten neu besohlt werden. Auf den Märkten wurde ihm hin und wieder ein Stück Brot gereicht. Übrig gebliebene Früchte, sowie auch Gemüse, das nicht mehr für den Verkauf geeignet war, erfragte er sich. Selten bekam er Käse oder Wurst. Sein fester Glaube an das Gute, von dem es viel in der Welt gab, trieb ihn voran. Die meisten Menschen, die ihm begegneten, waren anständige Leute. Natürlich war ihnen nicht zu verdenken, dass sie Fremden gegenüber auf Vorsicht bedacht waren. Man wusste nie, mit wem man es zu tun hatte.

Während der nächsten Tage wurden seine Schmerzen im Rücken stärker. Immer öfter musste er ausruhen. In diesen Momenten wünschte er sich die Stadt herbei. *Es ist an der Zeit, Philippe zu sehen.* Einen ganzen Tag blieb er in einem Heuschober liegen, war mit den Kräften am Ende. *Werde ich es überhaupt schaffen?* Am folgenden Tage raffte er sich wieder auf, ging einige Kilometer, erhielt ein wenig Brot von einer Frau und schlief abends völlig erschöpft ein.

Fernando öffnete langsam seine Augen. Ein ungewöhnlicher Geruch stieg in seine Nase. Dann erschrak er. Er lag in einem Bett. *Wo bin ich nur?* Fernando schaute sich im Zimmer um. Es schien keinem Armen zu gehören. Neben ihm auf der Nachtkommode standen ein Krug und ein Becher mit Wasser. Er versuchte sich aufzurichten, was ihm nur unter Mühen gelang, nahm den Becher und trank. Im gleichen Augenblick trat jemand ins Zimmer.

›Sie müssen liegen bleiben. Sie sind noch zu schwach‹, sprach ihn eine junge Frau an.

›Wo bin ich?‹

›Sie sind auf La Ciudadela. Der Herr hat Sie gestern am Wegesrand gefunden. Sie waren ohne Bewusstsein und haben zwei Tage lang geschlafen. Ich bin Marta, die Magd.‹

Fernando legte die Hand auf seinen Rücken. Marta sah ihm an, dass er starke Schmerzen hatte.

›Ich bringe Ihnen etwas gegen die Schmerzen.‹

Marta verließ das Zimmer. Fernando ließ sich zurück ins Bett sinken. Minuten später erschien die Magd mit einem Becher, in dem sich eine grüne dickflüssige Brühe befand, und reichte ihn Fernando.

›Trinken Sie das, es wird Ihnen helfen.‹

Fernando nahm einen kleinen Schluck, musste husten und verzog das Gesicht. Die Flüssigkeit schmeckte bitter. ›Trinken Sie‹, ermunterte ihn die Magd. Schon nach dem dritten Schluck fühlte er Erleichterung. Der Schmerz ließ nach. Als er den Becher halb geleert hatte, wurden seine Augenlider schwer. Er fiel in einen tiefen Schlaf.

Während Fernando schlief, trat Beatriz, die Herrin, in sein Zimmer und betrachtete ihn lange. Irgendwie kommt er mir bekannt vor, dachte sie und verließ das Zimmer. Ihr Mann Carlos saß, wie üblich zu dieser späten Morgenstunde, in der Bibliothek und las in seinen Büchern.

›Wie geht's dem Alten?‹, fragte er, als Beatriz ins Zimmer trat.

›Er schläft. Marta hat ihm Medizin gegeben. Sie glaubt, dass er starke Schmerzen hat.‹

›Carlos – der Alte erinnert mich an jemanden. Ich weiß nur nicht, an wen.‹

›Er scheint ein guter Geselle zu sein. Ich spreche mit ihm, wenn er wach ist.‹

›Soll Marta dir den Tee bringen?‹

›Sie hat bereits gefragt und bringt ihn.‹

Beatriz ging auf ihr Zimmer, setzte sich in den Sessel und schaute auf die Berge. Ein seltsames Gefühl ergriff sie. Schnellen Schrittes ging sie zur Bibliothek zurück.

›Hast du etwas vergessen?‹, fragte Carlos, als sie eintrat, und schaute kurz von seinem Buch auf.

›Nein, mir kam nur ein Gedanke.‹

Beatriz nahm ein Buch aus dem Regal, wischte den Staub mit einem Taschentuch ab und schlug es auf. Angespannt blätterte sie eine Seite nach der anderen um. Plötzlich hielt sie inne.

›Ich wusste es doch. Der hat eine gewisse Ähnlichkeit mit dem Alten.‹ Carlos hob seinen Kopf.

›Was meinst du?‹

›Schau nur, schaue dir das Porträt an. Könnte das nicht ebenso der Alte sein, der dort oben im Bett liegt?‹

›Zeig mal bitte‹, erwiderte Carlos, indem er das Buch an sich nahm. Nachdenklich betrachtete er lange das Porträt und las: heiliger Leonardo, Eremit, Wunderheiler.

›Hast recht, der sieht ihm ähnlich.‹

Daraufhin gingen sie mit dem aufgeschlagenen Buch die Treppe hinauf in Fernandos Zimmer, der immer noch schlief. Carlos schaute abwechselnd auf Fernando und das Bild.

›Verblüffend‹, flüsterte er leise Beatriz zu, die mit offenem Mund neben ihm stand. Leise verließen sie das Zimmer.

›Ich bin gespannt, was der Alte zu erzählen hat‹, meinte Carlos auf der Treppe.

›Ich auch‹, entgegnete Beatriz.

Marta schaute hin und wieder nach Fernando, der bis zum Nachmittag schlief. Als er seine Augen öffnete, benachrichtigte sie ihre Herrschaften, die Minuten später das Zimmer betraten. Fernando schaute sie verwundert an.

›Mein Name ist Carlos Pereira, das ist meine Frau Beatriz. Und wer sind Sie?‹

›Fernando ist mein Name.‹

›Woher kommen Sie und warum haben Sie am Wegrand gelegen?‹

›Ich komme aus Finisterre in Galicien und bin auf dem Weg in die Bischofsstadt, meinen Großneffen Philippe zu sehen.‹

›Philippe?‹, entgegnete Carlos überrascht.

›Der Name ist mir in den letzten Jahren schon oft zu Ohren gekommen. Marta hat von ihm erzählt. Es soll sich um ein besonderes Kind handeln. Du hast den weiten Weg von Galicien auf dich genommen, um diesen Philippe zu sehen?‹

›Ja‹, antwortete Fernando. ›Ich muss ihn sehen.‹

›Und du willst in die Bischofsstadt?‹

›Ja.‹

›Dann bist du an deinem Ziel angekommen. Hier bist du in Pamplona, der Bischofsstadt.‹«

»Hurra! Hurra! Endlich!«, schrie Juan und sprang von der Bank auf.

»Ja, er hat es tatsächlich geschafft«, sagte Alfredo.

»Nun, Juan, es ist Zeit fürs Abendbrot. Du musst sicher nach Hause gehen.«

»Nein, nein, ich muss noch nicht nach Hause. Erzähl weiter. Ich möchte wissen, wann er Philippe trifft. Bitte erzähl weiter.«

»Morgen komme ich wieder, dann wirst du erfahren, wie es weitergeht.«

»Bitte! Bitte!«

»Morgen, wenn die Sonne in der Mitte zwischen den Eichen steht. Nun geh.«

»Na gut, aber du kommst bestimmt?«

»Ja, ich verspreche es dir.«

Alfredo stand auf, streichelte Juan den Kopf, nahm seinen Stab und machte sich auf den Weg.

Juan lief aufgeregt nach Hause.

»Wo warst du denn den ganzen Tag?«, fragte seine Mutter, als er durch die Tür gestürmt kam.

»Im Park.«

»Hast du mit Nicolas gespielt?«

»Nein, der war nicht da.«

»Gehe erst einmal deine Hände waschen, das Essen ist gleich fertig.«

Juan ging ins Bad, wusch seine Hände und setzte sich anschließend an den Tisch. Seine Geschwister erschienen nach und nach.

»Juan träumt wieder«, lästerte Monica.

»Träume gar nicht«, wehrte sich Juan.

Juan war froh, als er sich nach dem Essen auf sein Zimmer zurückziehen konnte. Er war viel zu aufgeregt, um einschlafen zu können. Lange lag er wach. *Wie geht die Geschichte wohl weiter?*

Die Schulstunden am nächsten Tag zogen sich unendlich hin, wollten kein Ende nehmen. Nach dem Mittagessen lief Juan mit einem Schreibblock in den Park. Die Sonne war noch weit von den Eichen entfernt. Viel zu weit, wie Juan glaubte. Er vertrieb sich die Zeit mit Schreiben und Zeichnen. So ging sie schneller vorbei. Seine Anspannung wuchs, je mehr sich die Sonne den Eichen näherte. Dann war es endlich so weit. Alfredo erschien. Juan sprang auf und rannte ihm entgegen.

»Hallo, mein kleiner Freund«, begrüßte ihn der Geschichtenerzähler.

Juan griff nach seiner Hand.

»Ich bin schon gespannt, wie es weitergeht.«

»Das glaube ich dir.«

Sie setzten sich auf die von einer Eiche beschattete Bank. Es war angenehm warm.

»Also«, begann der Geschichtenerzähler. »Wo sind wir stehen geblieben?«

»Fernando ist in der Bischofsstadt«, rief Juan.

»Ja, genau, du hast gut zugehört.

Fernando versuchte einen klaren Gedanken zu fassen, überlegte angestrengt, was ihm wegen seiner

Müdigkeit nicht so recht gelingen wollte. ›Pamplona, Bischofsstadt? Dann – dann habe ich mein Ziel erreicht‹, jubelte er strahlend.

Marta reichte ihm einen Becher mit Wasser.

›Während Sie schliefen, haben Sie oft von Philippe gesprochen. Ich muss zu Philippe, ich muss zu Philippe, haben Sie immer wieder gesagt.‹

›Ja‹, bestätigte Fernando, als er getrunken hatte.

›Ich muss zu Philippe. Das ist der Grund, weshalb ich mich auf den Weg gemacht habe.‹

›Philippe ist seit Jahren in aller Munde. Er soll schon viele Menschen von ihren Krankheiten geheilt haben‹, warf Carlos ein.

›Das ist ja wundervoll‹, freute sich Fernando.

Die Gewissheit, dass er sich an seinem Ziel befand, verlieh ihm neue Kräfte. Marta brachte ihm eine Schüssel mit Suppe und Brot. Fernando schlürfte die Suppe, die eine wohlige Wärme in seinem Körper verbreitete.

Marta war, wie er inzwischen erfahren hatte, nicht nur Magd, sondern kannte sich auch mit Heilkräutern aus. ›Ich denke, dass Sie noch etwas Ruhe brauchen‹, sagte Beatriz und gab ihrem Mann mit einer Geste zu verstehen, dass sie das Zimmer nun verlassen sollten.

›Sie können entscheiden, wie lange Sie bleiben‹, wandte sich Carlos an seinen Gast.

›Danke, in Gottes Namen.‹

Carlos ging in die Bibliothek und nahm das Buch wieder zur Hand. *Finisterre, Finisterre – da war doch was.* Ja, da war etwas.

Undeutlich erinnerte sich Carlos an die Geschichten seines Großvaters, der ihm von einem fernen mystischen Ort am Meer erzählt hatte. Dort lebte, wie er als kleiner Bub erfahren hatte, ein außergewöhnlicher Mensch. Carlos erschrak, als er das Porträt des heiligen Leonardo erneut betrachtete und seine Kurzbiografie las: Der heilige Leonardo war ein Eremit, den Menschen aufsuchten, die ein Gebrechen oder schwerwiegende Probleme hatten. In einer Höhle bei Finisterre soll er gelebt haben.

Und nun befand sich dieser Fernando in seinem Haus, der von Finisterre einen weiten Weg auf sich genommen hat, um jenen Philippe zu finden. Und er, Carlos, hatte ihn am Wegrand aufgelesen. Er war ihm praktisch vor die Füße gelegt worden. Angestrengt versuchte er einen Sinn in der Begegnung mit Fernando zu erkennen.

Carlos war ein bedeutender Aristokrat in Pamplona. Viele Ländereien gehörten seit Generationen seiner Familie. Wenn in Pamplona wichtige Entscheidungen getroffen wurden, dann nicht ohne sein Einverständnis.

Fernando ging es dank Martas fürsorglicher Pflege von Tag zu Tag besser. Die Magd rieb ihm mit Ringelblumensalbe mehrmals täglich den Rücken ein. Das schaffte Linderung, behob das Problem jedoch nicht vollends. Nach acht Tagen stand

Fernando wieder auf seinen Beinen und machte die ersten Gehversuche im weiträumigen Park. Nach weiteren vier Tagen teilte er Carlos mit, dass er sich nun zutraue, seinen Weg fortzusetzen.

Beim Abschied bedankte sich Fernando mehrmals bei seinen Wohltätern und versprach, zu ihnen zurückzukehren, nachdem er Philippe ausfindig gemacht habe.«

Juan schaute Alfredo erwartungsvoll an, obwohl dieser seit Minuten schwieg. Er brauchte eine Weile bis ihm bewusst wurde, dass es Zeit war, sich auf den Nachhauseweg zu begeben.

»Morgen, wenn die Sonne in der Mitte zwischen den zwei Eichen steht?«, fragte Juan.

»Morgen, wenn die Sonne in der Mitte zwischen den zwei Eichen steht«, antwortete Alfredo mit einem Lächeln.

Beide standen gleichzeitig von der Bank auf. Juan schlenderte gedankenversunken nach Hause.

Ungeduldig saß Juan am folgenden Tage schon früh auf der Bank. Pünktlich nach der Sonnenuhr erschien Alfredo und fuhr fort.

»Fernando wusste in etwa, wo Philippe wohnte. Ihm wurde warm ums Herz, wenn er an ihn und die bevorstehende Begegnung dachte.

Der Weg verlief mitten durch Pamplona, eine Stadt, die Fernando etwas merkwürdig vorkam.

Irgendetwas Spezielles schien sie zu verbergen. Viele Menschen begegneten ihm. Ungewöhnlich viele. Fernando fühlte sich unwohl zwischen all den Menschen. Der Weg kam ihm unendlich lang vor; ab und zu fragte er Passanten nach dem Haus Philippes, aber er bekam nur ausweichende Antworten. Pilger zogen an ihm vorüber. Sie waren seltsam gekleidet. Trugen lange braune Mäntel, eigenartige Hüte, Beutel auf ihren Schultern und lange Stäbe samt Kalebassen in den Händen. In Finisterre und während seiner Wanderschaft waren ihm schon vereinzelt Pilger begegnet. Die Gespräche mit ihnen hatten ihn auf eine besondere Weise berührt.

Sein Herz schlug schneller, als er Pamplona hinter sich gelassen hatte und vor einem Haus stehen blieb. Mehrere Menschen befanden sich vor dem Eingangstor. Was jetzt, dachte er. Aufgeregt wie ein kleines Kind stand er da. Jemand sprach ihn an.

›Kommst du auch wegen Philippe? Welche Krankheit hast du denn?‹

›Ja, ich komme wegen Philippe. Wieso sind hier so viele Leute?‹

›Sie alle haben von den Wunderheilungen erfahren. Wenn die Ärzte nicht mehr helfen können, gehen die Menschen zu Philippe.‹

Fernando nickte und überlegte, wie er ins Haus gelangen könnte. Er fand keine Lösung, bis eine Magd mit einem Korb unter dem Arm das Tor öffnete. Drei Hunde folgten ihr. Sofort liefen alle zum Tor und redeten auf sie ein.

›Entschuldigen Sie bitte‹, sprach Fernando die Magd an, nachdem sie sich von den auf sie Zudrängenden gelöst hatte. ›Ich bin Fernando, Philippes Großonkel, und komme aus dem fernen Galicien, um Philippe zu sehen.‹

›Schon wieder eine neue Geschichte‹, meinte die Magd abfällig und verdrehte die Augen.

›Sie können mir viel erzählen. Solche Geschichten höre ich täglich.‹

›Bitte, seien Sie gescheit, sehen Sie mich an. Glauben Sie wirklich, dass ich solch eine Geschichte erfinden könnte?‹

Die Magd schaute Fernando in die Augen, während die Menschen sie wieder bedrängten.

›Also, gut‹, sagte sie nach langem Zögern.

›Obwohl – ich muss zum Markt. Warten Sie einen Moment. Ich sage es dem Herrn.‹

Minuten später erschien die Magd mit Ángel, Philippes Vater, die Hunde an seiner Seite.

›Der da ist es‹, sagte die Magd und zeigte auf Fernando, der sich einen Weg zwischen den Wartenden gebahnt hatte.

›Ich bin Fernando, Philippes Großonkel aus Finisterre, Galicien.‹

Ángel schaute Fernando länger an. Er kannte die Geschichte der Familie, wusste von Finisterre und Fernando und öffnete das Tor.

›Sei willkommen, Fernando.‹

Die Magd schlüpfte durchs Tor, das sie hastig wieder verschloss.

›Du hast einen langen, sehr langen Weg hinter dir‹, sagte Ángel.

›Wie lange warst du unterwegs?‹

›Im Frühjahr bin ich aufgebrochen.‹

Eine junge Frau mit hochgestecktem braunem Haar trat aus dem Haus, als sie näher kamen. Neben ihr tauchte ein Junge auf, der sofort Fernandos Blick erfasste.«

»Philippe!«, schrie Juan und sprang von der Bank.

»Das ist Philippe, er hat ihn gefunden. Juhu, er hat Philippe gefunden.«

»Setz dich wieder hin, Juan. Die Geschichte geht ja noch weiter.«

Juan folgte der Aufforderung und hing sofort wieder an Alfredos Lippen.

»Fernando liefen unzählige Schauer über den Rücken. Sein Herz schien aus seinem Leibe springen zu wollen. Langsam kam der Junge auf ihn zu. Ángel und Rosa beobachteten verwundert die Szene. Fernando wusste vom ersten Augenblick an, dass es sich um niemand anderes handeln konnte als um Philippe. Während sie sich aufeinander zu bewegten, konnten ihre Augen nicht voneinander lassen. Fernando hob Philippe hoch und nahm ihn in seine Arme, als er vor ihm stand. Tränen rannen über seine Wangen. Sein Herz wurde von einer Wärme erfüllt, die nichts als Liebe bezeugte. Er wusste nicht, wie ihm geschah, und liebte dieses Kind aus tiefstem Herzen.

Ángel und Rosa waren fassungslos. Fernando bekam das Gefühl, einen verlorenen Sohn nach Jahren wiedergefunden zu haben. Ángel forderte sie auf, ins Haus zu gehen. Fernando ließ Philippe von seinen Armen, trocknete seine Tränen, nahm sein Bündel und folgte ihnen.

›Bitte, nimm Platz‹, forderte Ángel Fernando auf, als sie ins Wohnzimmer traten.

›Du bist von Galicien bis hierher gelaufen, um Philippe zu sehen?‹

›Ja, das war der Grund.‹

›Und wie hast du von Philippes Geburt erfahren?‹

›Eines schönen Tages erschien ein Freund von mir in Finisterre, der in seinem Leben oft auf Wanderschaft geht, und erzählte von Philippe. Er kannte meine Familiengeschichte. Und nachdem ich in Gegenwart meiner Frau von nichts anderem mehr als nur noch von Philippe gesprochen habe, hat sie irgendwann gesagt, dass ich mich endlich auf den Weg machen solle, weil auch sie fühlte, dass es wichtig für mich ist.‹

Philippe hielt seine Augen ständig auf Fernando gerichtet und hörte aufmerksam zu. Fernando war fasziniert von Philippes Augen. Strahlend hellblaue Augen. Ein starkes Bedürfnis überkam ihn, sich Ángel erklären zu müssen.

›Ángel, ich würde dich gerne unter vier Augen sprechen. Es ist wichtig.‹

›Gut, dann lass uns in die Bibliothek gehen.‹

Dort angekommen richtete Fernando sein Wort an Ángel.

›Du bist der erste Mensch, dem ich es erzähle. Seit Jahren habe ich starke Schmerzen in meinem Rücken. Ich war bei vielen Ärzten. Keiner konnte mir helfen. Die Schmerzen waren manchmal unerträglich, sodass ich mich nicht mehr bewegen konnte. Ich glaube, dass Dolores etwas vermutet hat, doch angesprochen hat sie mich nie deswegen. Nun, da ich gehört habe, dass Philippe besondere Gaben oder Fähigkeiten besitzt, sagte mir mein Gefühl, zu Philippe gehen zu müssen.‹

Fernando erschrak. In jenem Augenblick wurde ihm bewusst, dass seine Schmerzen verschwunden waren. Er ließ sich in einen Sessel fallen.

›Entschuldigung, Ángel, könntest du mir bitte ein Glas Wein reichen, mir ist nicht wohl.‹

›Selbstverständlich, ist es schlimm?‹

›Nein, es geht schon wieder.‹

Ángel ging zum Schrank, nahm eine Flasche Rotwein, entkorkte sie, füllte ein Glas und reichte es Fernando, der es in einem Zug leerte.

›Noch etwas?‹, fragte Ángel.

›Ja, bitte‹, erwiderte Fernando nach Atem ringend.

Ángel goss nach.

›Es ist schon besser. Du, Ángel, halte mich jetzt bitte nicht für verrückt.‹

›Warum sollte ich?‹

›Weil – was ich dir nun sage, entbehrt jeder Normalität.‹

Ángel schaute ihn verwundert an.

›Was wir in den sechs Jahren, seit Philippe auf der Welt ist, erlebt haben, hat mit Normalität schon lange nichts mehr gemeinsam. Menschen, die Philippe nur angesehen haben, sind im selben Augenblick von ihrer Krankheit erlöst worden.‹

›Genau das scheint mir auch widerfahren zu sein. Als ich mit dir über meine gesundheitlichen Probleme sprach, habe ich festgestellt, dass die Schmerzen verschwunden sind. Unfassbar!‹

›Ja, unfassbar‹, fügte Ángel an. ›Das freut mich sehr für dich. Es geschehen laufend irgendwelche Wunder.‹

Fernando nahm noch einen Schluck, beruhigte sich langsam.

›Sollen wir zurück ins Wohnzimmer gehen?‹, fragte Ángel.

›Ja.‹

Philippe saß mit seiner Mutter auf dem Boden und spielte mit Holzstäbchen. Er schaute auf, als sie eintraten.

›Möchtest du mitspielen?‹, fragte er Fernando.

›Ja, gerne.‹

›Dann musst du dich neben Mama setzen.‹

Fernando setzte sich.

›Schau, das musst du so machen‹, erklärte Philippe Fernando das Spiel, indem er einige Stäbchen in besonderer Weise auf den Fußboden fallen ließ. Dann sammelte er sie wieder auf und reichte sie

Fernando. Dieser versuchte es seinem Großneffen gleichzutun, was ihm allerdings misslang.

›Philippe ist ein exzellenter Spieler. Es ist schwer, gegen ihn zu gewinnen‹, meinte Rosa.

Fernando lachte. Philippe schien viel Freude an dem Spiel zu haben. Natürlich gewann er auch gegen Fernando.

›Du kannst heute Abend gerne mit uns essen‹, bot Rosa ihm an.

›Danke, sehr freundlich.‹

›Wenn du möchtest, kannst du gerne bei uns übernachten‹, fügte Ángel hinzu.

›Das Angebot nehme ich gerne an‹, freute sich Fernando und schaute zu Philippe, der ihn anlächelte.

Während Fernando und Philippe im Spiel vertieft waren, bereitete Rosa mit der Magd das Abendessen zu. Ángel saß derweil in der Bibliothek, hatte ein großes altes Buch auf seinem Schoß und dachte nach. *Fernando?, Finisterre? –. Trug Fernando ein Geheimnis mit sich?* Wie angestrengt Ángel auch nachdachte, er bekam keine Antwort auf seine Fragen.«

»Tolle Geschichte!«, rief Juan und sprang von der Bank auf.

»Es freut mich, dass dir die Geschichte gefällt. Ich glaube, es ist Zeit –.«

»Ja, ich weiß schon«, unterbrach ihn Juan. »Morgen, wenn die Sonne zwischen den Eichen steht?«

»Morgen, wenn die Sonne zwischen den Eichen steht, sehen wir uns wieder.«

»Guten Heimweg, Juan.«

»Bis morgen.«

Juan rannte froh gelaunt nach Hause, stieß die Eingangstür auf und beachtete weder seine Mutter noch seinen Bruder.

»He, was ist los mit dir?«, rief Roberto.

»Nichts ist los. Hallo, Mami.«

»Hallo, mein Schatz, geh und wasche deine Hände, das Essen ist gleich fertig.«

»Ja!« Juan lief ins Bad, schaute in den Spiegel und stellte sich vor, darin Philippe zu sehen. *Wie er wohl aussieht? Philippes Augen müssen unbeschreiblich schön sein.* Er trocknete seine Hände und lief in die Küche. Seine Mutter stellte das Essen auf den Tisch.

»Vater kommt heute später, er muss noch arbeiten«, teilte die Mutter ihren Kindern mit.

»Och, schade«, meinte Monica.

»Er hat mir versprochen, heute Abend nach dem Essen mit mir zu spielen.«

»Es tut mir leid«, erwiderte die Mutter.

Juan aß viel an diesem Abend, über allen Maßen viel. Er merkte überhaupt nicht, was er tat. Seine Gedanken waren bei Philippe und Fernando.

»Was schlingst du das Essen so hastig in dich hinein, Juan?«, fragte seine Mutter.

»Und überhaupt, du wirkst so abwesend. Was ist nur mit dir?«

»Nichts ist mit mir.«

»Juan träumt wieder«, stichelte Roberto.

»Träume gar nicht«, wehrte sich Juan.

»Lass das letzte Stück Fleisch für deine Geschwister. Du hattest schon zwei.«

Nach dem Essen lief Juan auf sein Zimmer, legte sich aufs Bett und starrte auf das Bild an der Wand. In Gedanken war er am Meer. Plötzlich erschien seine Mutter.

»Juan, was ist mit dir? Du bist seit einigen Tagen verändert. Sonst warst du immer konzentriert und aufmerksam. Nun träumst du die ganze Zeit, bist abwesend. Was ist geschehen? Hast du Probleme in der Schule oder mit deinem Freund Nicolas? Der war übrigens seit einer Woche nicht mehr hier.«

»Nein, Mami, ich habe keine Probleme. Nicolas spielt jetzt immer mit Hector.«

»Wenn du irgendein Problem hast, dann sprich mit mir oder deinem Vater darüber, bitte.«

Sie ging zu seinem Bett, streichelte seinen Kopf und küsste ihn auf die Stirn.

»Ich hab dich lieb.«

»Ich dich auch, Mami.«

Seine Mutter verließ nachdenklich das Kinderzimmer und sprach am späten Abend mit ihrem Mann, dem die Veränderung seines Sohnes noch nicht aufgefallen war. Er versprach seiner Frau, mit Juan zu reden.

Juan erschrak, als er am nächsten Tag auf der Bank wartete und plötzlich Nicolas auftauchte. *Der darf auf keinen Fall etwas von dem Geschichtenerzähler erfahren.*

»He, Juan, kommst du mit auf die Burg spielen? Hector kommt auch.«

»Nein, ich kann nicht, hab noch was zu tun.«

»Was denn zu tun?«

»Kann ich nicht sagen. Eben was zu tun.«

Nicolas starrte ihn kurz verwundert an, dann zog er ab.

Juan war unruhig. Seine Mutter stellte ihm immer häufiger Fragen und nun fing Nicolas auch noch an. Er wollte unbedingt die Begegnung mit dem Geschichtenerzähler für sich behalten. Es war seine Geschichte, nur für ihn gedacht, da war er sich sicher. Und eben deshalb war er so stolz, ja, fühlte er sich geradezu privilegiert. Nie zuvor hatte ihm jemand so viel Aufmerksamkeit entgegengebracht wie der Geschichtenerzähler.

Juan rutschte auf der Bank hin und her, konnte weder schreiben noch malen. Er war viel zu aufgeregt. Fortwährend verfolgte er den Stand der Sonne, die erschreckend langsam hinter der linken Eiche hervorkroch. Nun würde es nicht mehr lange dauern. Dann erschien Alfredo, langsam einen Fuß vor den anderen setzend. Juan lief auf ihn zu und nahm seine Hand. Sie gingen zur Bank und setzten sich. Der Geschichtenerzähler auf die rechte und Juan auf die linke Seite. Wie immer.

»Wo waren wir stehen geblieben? Ach ja, Ángel saß mit einem Buch in der Bibliothek und dachte nach.

Rosas Stimme riss ihn aus seinen Gedanken: ›Das Essen ist fertig.‹

Als er das Esszimmer betrat, saßen schon alle am Tisch. Ángel nahm seinen Platz am Kopfende ein, bekreuzigte sich und sprach ein Gebet. Dann brachte die Magd die Speisen. Immer wenn Ángel zu Fernando hinüber blickte, fühlte er etwas Spezielles. Philippe und Fernando saßen einander gegenüber und sahen sich unentwegt an.

›Schmeckt es dir?‹, fragte Rosa Fernando.

›Ausgezeichnet, ganz ausgezeichnet.‹

›Die Schweine züchten wir selbst und die Rebhühner sind von der letzten Jagd‹, fügte Ángel an.

›Wie sieht es dort aus, wo du herkommst?‹, fragte Philippe Fernando.

›Wir wohnen am Meer. Abends, wenn die Sonne untergeht, färbt sich der Himmel oft in gelb-rosaroten Farben. Galicien ist ein grünes Land. Die Gärten sind fruchtbar. Alles wächst und gedeiht prächtig. Es gibt genügend Regen, manchmal zu viel. Die Winter sind mild und im Sommer wird es nicht zu heiß.‹

›Das gefällt mir, wo du wohnst‹, antwortete Philippe. ›Ich habe noch nie das Meer gesehen. In Papas Bibliothek hängt ein Bild vom Meer.‹«

Juan sprang auf.

»Das Meer – ich wäre so gerne am Meer.«

»Du kommst ans Meer, wenn du groß bist«, versicherte Alfredo und erzählte weiter, als Juan wieder neben ihm saß.

»Ich liebe das Meer‹, sagte Fernando mit einem Lächeln in seinem Gesicht. ›Es nährt uns, und in ihm ist unendlich viel Leben vorhanden.‹

›Bitte erzähle mehr von dort, wo du herkommst‹, bat Philippe.

›Nicht weit von meinem Haus befindet sich das sagenumwobene Ende der Welt. Das Cap Finisterre. Viele Legenden ranken sich um diesen mystischen Ort. Als die Menschen noch glaubten, dass die Erde eine Scheibe ist, glaubten sie, dass Finisterre das Ende der Welt sei. Während meiner zahlreichen Erkundungen bin ich dort auf bizarre Steinformationen gestoßen. Die Kelten und Druiden haben in früheren Zeiten ebenfalls in jener Region gelebt.‹

Philippe hörte aufmerksam zu.

›Papa, können wir auch mal nach Finisterre gehen, dorthin wo Fernando wohnt? Ich möchte so gerne einmal das Meer sehen. Und das Ende der Welt muss etwas ganz Besonderes sein.‹

›Vielleicht besuchen wir Fernando einmal‹, sagte Rosa.

›Doch jetzt ist es Zeit, ins Bett zu gehen.‹

›Nein, Mami – ich möchte mit Fernando noch spielen, bitte.‹

›Morgen hast du den ganzen Tag Zeit, mit Fernando zu spielen. Er bleibt bestimmt noch.‹

Fernando nickte.

›Morgen spielen wir wieder, versprochen.‹

Philippe stand von seinem Stuhl auf, ging zu Fernando und küsste ihn auf die Wange.

›Gute Nacht, schlaf schön, Philippe.‹

›Schlaf auch schön.‹

Als Rosa die Kinder zu Bett gebracht und ihnen eine Gutenachtgeschichte erzählt hatte, setzte sie sich zu Ángel und Fernando, die sich mit einem Glas Wein in die Bibliothek zurückgezogen hatten.

›Fernando erzähle bitte mehr aus deinem Leben. Es interessiert mich‹, bat Ángel.

›Was möchtest du wissen?‹

›Etwas über deine Vorfahren, deine Familie, deine Kinder, halt alles, was dir dazu einfällt.‹

›Soviel ich weiß, lebten meine Vorfahren nicht immer in Finisterre. Mein Urgroßvater war kein Fischer, er lebte hier in der Gegend, in der ihr nun lebt. Irgendwann ist die Familie, als die Unruhen zunahmen, nach Nordwesten gezogen. Sie hatten sieben Kinder, fünf Buben und zwei Mädel. Der Vater wurde Fischer und sie lebten in Frieden an der Nordküste nahe einer kleinen Ortschaft.‹

›Interessant‹, meinte Ángel.

›Als ich dein Gesicht heute zum ersten Mal gesehen habe, kam es mir gleich bekannt vor. Jetzt fällt mir ein, mit wem du Ähnlichkeit hast.‹

Ángel stand auf und ging zum Bücherregal, in dem sich unzählige alte Bücher befanden. Nach kurzem Suchen nahm er ein Buch aus dem Regal. Er setzte sich wieder in den Sessel und schlug es in der Mitte auf, blätterte einige Seiten um und hielt inne, indem er mit dem Finger auf ein Bild zeigte.

›Genau, schau dir das an.‹

Er stand auf und ging mit dem aufgeschlagenen Buch zu Fernando. Der blickte auf das Bild und stellte eine Ähnlichkeit mit seinem Großvater fest.

›Das könntest auch du sein‹, sagte Rosa zu Fernando, die es vor Neugierde nicht mehr auf ihrem Sessel ausgehalten hatte und nun neben Ángel stand.

›Und‹, sprühte es aus Ángel heraus. ›Fernando ist dir noch nicht aufgefallen, dass Philippe dir ähnlich sieht?‹

Fernando nickte.

›Ja, das war mir sofort klar, als ich ihn neben Rosa erblickte.‹

›Mehr als erstaunlich‹, sagte Ángel und schaute Fernando mit bewegten Augen an.

›Er weiß mehr‹, wandte sich Ángel an Rosa, als sie im Bett lagen.

›Wie meinst du das?‹

›Er weiß mehr‹, wiederholte Ángel. ›Ich fühle es.‹

›Für mich steht fest, dass zwischen Philippe und Fernando mehr als nur ein verwandtschaftliches Verhältnis besteht. Ich brauche nur in Fernandos Augen zu schauen – die verbergen ein Geheimnis. Aber welches? Vielleicht weiß er es selbst nicht?‹

›Schlaf erst einmal, mein Schatz, vielleicht erhältst du morgen Antworten auf deine Fragen.‹

Rosa gab ihm einen Kuss und drehte sich zur Seite. Ángel lag noch lange wach und starrte an die Decke. Viele Gedanken kreisten in seinem Kopf, die ihm keine Ruhe ließen.«

Juan hatte es geahnt. Nicolas lief mit Hector an ihnen vorbei und winkte. Jetzt wusste er von seinem Geheimnis.

»Kennst du die beiden?«, fragte Alfredo.

»Ja, das sind mein Freund Nicolas und Hector.« Juan verzog das Gesicht.

»So, Nicolas und Hector.«

»Erzähl bitte weiter«, bat Juan.

»Fernando stand früh auf, wusch sich, zog seine Kleider und Schuhe an und ging in den Park. Er schaute sich die alten Bäume an, überwiegend kräftige, stolze Eichen. Soll ich es ihnen sagen, waren seine Gedanken. War es überhaupt wichtig, dass sie es erfuhren? Ja, war es richtig, ihnen von seinem Geheimnis zu erzählen? Fernando dachte angestrengt nach. Nie zuvor hatte er irgendeinem Menschen davon erzählt. Noch nicht einmal Dolores, seiner Frau. Philippe würde es irgendwann, wenn er älter wurde, bewusst werden. Dessen war sich Fernando sicher.«

»Was für ein Geheimnis?«, rief Juan.

»Es ist halt ein Geheimnis«, erwiderte Alfredo. »Und das Besondere an einem Geheimnis ist, dass niemand außer den Eingeweihten davon weiß.«

Die Geschichte wurde für Juan immer aufregender. Er lebte nun in der Geschichte. Sie beschäftige ihn Tag und Nacht. Fernando und Philippe waren für ihn genauso gegenwärtig wie seine Familie.

Natürlich war es kein Zufall, dass ausgerechnet Juan die Geschichte erzählt wurde. Doch dazu später.

»Kann ich jetzt weitererzählen?«, fragte Alfredo.
»Ja, ja.«

»Also, Fernando spazierte durch den Park. Philippe musste ihn dabei beobachtet haben, vermutlich schon längere Zeit, denn plötzlich rannte dieser zu seinem Großonkel.

›Was machst du denn schon so früh im Park?‹, fragte ihn Fernando.

›Das Gleiche wie du‹, lachte Philippe.

›Lass uns ein Stück gemeinsam gehen.‹

Philippe ergriff Fernandos Hand.

›Sollen wir zum Teich gehen und Steine ins Wasser werfen?‹

›Wie weit ist es denn bis zum Teich?‹, fragte Fernando.

›Nicht weit. Ich bin fast jeden Morgen dort.‹

›Gut, dann zeige mir den Weg.‹

Philippe zog fest an Fernandos Hand.

›Komm schon, du gehst so langsam.‹

›He, Moment mal. Ich bin schließlich nicht mehr der Jüngste.‹

Philippe lachte, ließ seine Hand los und rannte voraus.

›Lauf nicht so schnell, damit ich dich nicht aus den Augen verliere.‹

›Ich warte vorne an der Wiese. Du musst mich suchen.‹

Fernando empfand nichts als Glück. Eine Ahnung, ein tiefes Gefühl für Philippe, hatte er des Öfteren in seinem Leben gehabt. Tränen traten in seine Augen.

Philippe war verschwunden. Fernando vermutete ihn hinter einer Eiche, die gut und gerne drei Menschen hätte verbergen können. Mindestens achthundert Jahre alt, da war er sich sicher. Fernando schaute in die entgegengesetzte Richtung, dann nach links, nach rechts und letztendlich ging er langsam auf den besagten Baum zu. Philippe fing an zu kichern.

›Du bist hinter dem Baum, ich habe dich gefunden.‹

Philippe sprang hinter dem Baum hervor und lief direkt in Fernandos Arme, der sich zweimal mit ihm um die eigene Achse drehte und ihn dann hochhob. Und sich anschließend wunderte, dass dies überhaupt möglich war. Gestern Morgen noch hätte er sich auf die Knie begeben müssen, um etwas vom Boden aufzuheben. Philippe lachte und kniff ihm in die Nase.

›Du hast eine dicke Nase, Fernando. Die sieht lustig aus.‹

›Danke für das Kompliment, finde ich auch. Andere finden sie nicht so schön. Doch ich lebe nun schon 72 Jahre mit ihr und habe mich daran gewöhnt.‹

Philippe lachte.

›Lass mich herunter, ich möchte laufen.‹

Fernando setzte ihn sacht auf den Rasen. Philippe rannte davon.

›Lauf nicht so weit weg. Ich möchte zurück zum Haus gehen.‹

Es dauerte nicht lange, bis Philippe mit einem Apfel in der Hand auf Fernando zugelaufen kam.

›Hier, der ist für dich. Papas Lieblingsäpfel.‹

›Danke, der sieht gut aus.‹

Langsam gingen sie zum Haus. Als Philippe die Tür öffnete, zog ein himmlischer Duft in seine Nase.

›Mami backt Pfannkuchen. Ich liebe Pfannkuchen.‹

›Das glaube ich dir aufs Wort. Wenn die genauso gut schmecken, wie sie riechen, kann ich es kaum erwarten, sie zu kosten.‹

›Guten Morgen, Fernando‹, begrüßte ihn Rosa lächelnd.

›Das riecht himmlisch. Wo ist Ángel?‹

›Der sitzt seit sieben Uhr in der Bibliothek. Scheint irgendetwas zu suchen.‹

›So – ich gehe zu ihm.‹

In der Bibliothek fand er Ángel vor mehreren aufgeschlagenen Büchern.

›Guten Morgen.‹

›Ah, Fernando, guten Morgen. Gut, dass du kommst. Ich habe hier etwas gefunden.‹

Fernando schaute in das Buch, das Ángel ihm reichte.

›Was ist das?‹

›Das ist die Legende von Leonardo, der im achten Jahrhundert in Nordspanien lebte.‹

Fernando bekam eine Gänsehaut. Natürlich kannte er die Legende vom heiligen Leonardo, die in Wirklichkeit keine war, weil es sich um eine wahre Geschichte handelte.

›Interessant.‹

›Fernando, ich kann mir gut vorstellen, dass du die Geschichte kennst.‹

›Ja, ich kenne sie.‹

›Weißt du Näheres darüber?‹

›Ja, weiß ich. Leonardo wurde heiliggesprochen, weil er unzählige Menschen geheilt hat.‹

›Ich kann es mir nicht so recht erklären, doch habe ich eine leise Ahnung, dass dieser Leonardo etwas mit dir und Philippe zu tun haben könnte.‹

Ángel wusste nicht, wie recht er hatte. Doch Fernando durfte kein Sterbenswörtchen darüber verlieren.

›Möglich‹, meinte der Angesprochene.

›Es gibt Parallelen zu Philippe? Und was ist mit dir? Gibt es auch Parallelen zu dir?‹

›Ich weiß nicht, was du damit meinst, Ángel.‹

›Ich glaube schon, dass du das weißt. In den letzten sechs Jahren habe ich mich viel mit unserer Familienhistorie beschäftigt und Erstaunliches erfahren.‹

›Ángel, ich darf dir nicht alles erzählen. Später vielleicht, wenn Philippe erwachsen ist. Hab Vertrauen, bitte.‹

›Es fällt mir schwer, weil es sich schließlich um mein Kind handelt.‹

›Das kann ich gut nachvollziehen. Ich würde dir gerne mehr erzählen, doch es geht wirklich nicht zum jetzigen Zeitpunkt.‹

›Essen ist fertig‹, klang es aus der Küche.

Rosa blieb Ángels Angespanntheit nicht verborgen. Doch sie hatte im Laufe des Lebens gelernt, nicht gleich nachzufragen. Er würde es ihr später erzählen. Die Pfannkuchen mit Honig waren köstlich.

Als Rosa sich nach dem Essen mit der Magd in der Küche aufhielt, kam Ángel zu ihr.

›Rosa, kommst du bitte mit mir in die Bibliothek? Ich möchte dir etwas sagen.‹

›Ja, gehe schon einmal voraus, ich trockne mir nur schnell die Hände ab.‹

Rosa trat aufgeregt in die Bibliothek.

›Was ist geschehen?‹

›Setze dich bitte erst einmal hin.‹

Ángel erzählte seiner Frau in aller Ausführlichkeit, was er in den Büchern entdeckt und über Fernando erfahren hatte.

›Ich habe so etwas schon geahnt‹, meinte daraufhin Rosa.

›Dass Philippe besondere Gaben hat, wissen wir seit seiner Geburt. Doch dass in diesem Zusammenhang mehr Dinge mitspielen, war mir tief in meinem Inneren bewusst. Wir haben oft darüber gesprochen und keinerlei Erklärung gefunden. Auch heute stehe ich dazu, dass es ein Geschenk Gottes ist, der manche Menschen mit besonderen Fähigkeiten auf die Erde sendet.‹

›Ja, das sehe ich auch so. Doch welche Rolle Fernando bei der ganzen Geschichte spielt, weiß ich noch nicht mit Sicherheit. Hinter Fernando steckt mehr, viel mehr. Mein Bauchgefühl sagt mir das.‹

›Wo ist er eigentlich?‹

›Ich habe ihn im Garten mit den Kindern spielen sehen.‹

Seit es sich herumgesprochen hatte, dass Philippe heilende Kräfte besaß, gab es unzählige Anfragen von Menschen aus der Region. Und auch von weiter her kamen sie, um von ihren Krankheiten geheilt zu werden. Ángel versuchte Philippe zu schützen. Schließlich war er erst sechs. Auch hatte er Angst vor ansteckenden Krankheiten. Doch hin und wieder, in dringenden Fällen, ließ er Kranke zu Philippe. Sie nutzten für solche Gelegenheiten das Zimmer der Großmutter, die vor Jahren verstorben war.

Die Sitzungen liefen folgendermaßen ab. Rosa oder Ángel führten die Kranken in den Raum, in dem Philippe auf einem Stuhl saß. Ihm gegenüber befand sich ein zweiter Stuhl. Sie forderten den Kranken auf, Philippe gegenüber Platz zu nehmen. Dann verließen sie das Zimmer. Philippe schaute dem Kranken lediglich in die Augen. Nach fünfzehn Minuten verließ dieser vollkommen geheilt das Zimmer. Rosa und Ángel war bewusst, dass sie keinerlei Entlohnung von den Kranken annehmen durften. Doch Geschenke, speziell für die Kinder, lehnten sie nicht ab.

Öfters hatten sie ihren Sohn gefragt, wie er heile. Das Einzige, was er mache, sei, sich die Menschen ganz, heil und vollkommen vorzustellen. Und das seien sie ja dann auch, wie er bekräftigte.

Nachdem die Menschen von den Wunderheilungen erfahren hatten, standen täglich Kranke vor dem Tor. Was so manches Problem mit sich brachte, wie man sich vorstellen kann. Ein normales Leben war unter diesen Umständen nicht mehr möglich.«

Juan seufzte. »So eine schöne Geschichte habe ich noch nie gehört.«

»Das freut mich. Und sie geht weiter – morgen«, versprach Alfredo.

»Wenn die Sonne in der Mitte zwischen den zwei Eichen steht«, grinste Juan, drückte Alfredo und machte sich froh gelaunt auf den Heimweg.

Zu Hause erwartete ihn eine Überraschung. Als er die Küche betrat und geradewegs ins Bad wollte, hielt seine Mutter ihn fest.

»Nicolas war hier.«

Juan wusste, was nun kam. Davor hatte er sich immer gefürchtet.

»Wer ist der alte Mann, mit dem du im Park auf der Bank gesessen hast?«

Juan zögerte. Was sollte er sagen? Die Antwort hatte er sich schon oft zurechtgelegt. Doch plötzlich waren alle Ausreden wie verschwunden.

»Ja, eeeh, weißt du – er ist – na ja, wenn man es genau nimmt – ist er ein Geschichtenerzähler.«

Juan verspürte Erleichterung. Nun war es endlich heraus.

»Ein Geschichtenerzähler?«

Maria wurde einiges klar.

»Seit wann kennst du ihn? Seit wann erzählt er dir Geschichten?«

»Seit ein paar Tagen halt.«

»Seit ein paar Tagen«, wiederholte seine Mutter.

»Seit ein paar Tagen verhältst du dich sonderbar. Du bist unaufmerksam und scheinst den lieben langen Tag nur zu träumen. Deiner Lehrerin ist das auch aufgefallen.«

Juan wusste keine Antwort, wandte sich zum Gehen.

»Warte! Diesen Geschichtenerzähler würde ich gerne kennen lernen.«

Das auch noch, dachte Juan. *Dieser blöde Nicolas. Nur weil der alles ausgeplaudert hat.*

»Der ist nicht immer da. Wann er kommt, weiß ich nicht«, log Juan.

»Ich möchte, dass du dich nicht mehr mit dem Fremden triffst. Wer weiß, was das für einer ist. Hast du mich verstanden?«

»Ich muss mir die Hände waschen.«

»Ob du mich verstanden hast, habe ich dich gefragt.«

»Ja, habe ich. Kann ich jetzt endlich ins Bad?«

»Na, geh schon.«

Juan war außer sich vor Wut. *Verräter! Und das soll mein Freund sein. Was mache ich jetzt bloß? Mutter weiß es und wird es auch Vater erzählen.*

Er warf das Handtuch wütend auf den Boden und ging zurück in die Küche. Seine Geschwister starrten ihn an.

»Was glotzt ihr so?«

»Wir glotzen gar nicht«, meinte Monica.

»Vater kommt heute später«, sagte die Mutter beiläufig.

»Er muss noch etwas erledigen.«

Juans Lieblingsessen wurde aufgetischt, Fleisch mit Soße. Doch heute wollte es ihm nicht so recht schmecken.

»Was ist los, Juan?«, fragte Monica.

»Nichts ist los. Frag nicht immer. Was soll schon los sein? Lass mich in Ruhe.«

Juan wünschte sich, beim Geschichtenerzähler zu sein. Langweilig hier, die Geschichte ist viel spannender, dachte er und war froh, als er aufstehen und sich auf sein Zimmer zurückziehen konnte.

Im Bett drehte er sich von einer Seite auf die andere, zerwühlte sein Kopfkissen. Fortwährend arbeiteten seine Gedanken an einem Plan, wie er den Geschichtenerzähler vor seiner Familie und Nicolas verstecken könnte. *Wir könnten uns an einem anderen Ort treffen. Oder zu einer anderen Zeit. Oder – ach, ich weiß auch nicht. Vielleicht frage ich Alfredo. Der weiß immer Rat.*

Irgendwann fand er ein wenig Schlaf. Doch am nächsten Tag fiel sein Kopf in der Schule oft auf den Holztisch. Seine Lehrerin wunderte sich schon nicht mehr über Juans Verhalten. Es stimmte sie jedoch traurig, dass seine Konzentration und damit seine Leistungen nachgelassen hatten. Juan war den meisten seiner Mitschüler voraus, sodass es zu keinem größeren Problem wurde.

An diesem Nachmittag setzte Juan sich nicht wie gewöhnlich auf die Bank. Er verbarg sich hinter einem Baum, von dem aus er die Bank und die beiden Eichen sehen konnte. Wie er recht vermutet hatte, tauchte Nicolas mit Hector auf. *Hab's mir doch gedacht. Am liebsten würde ich runter und ihm – nein, das bringt jetzt nichts.*

Nicolas sah sich nach allen Himmelsrichtungen um, als er weit und breit nichts entdeckte, zog er mit Hector weiter.

Juan wartete, bis Alfredo auftauchte, sprang aus seinem Versteck und lief ihm entgegen.

»Was ist los?«, fragte Alfredo, als Juan nach seiner Hand griff und er die Unruhe in seinen Augen sah.

»Ich muss dir was sagen. Komm, lass uns irgendwo anders hingehen.«

»Warum? Weshalb bist du so aufgeregt?«

»Meine Mutter hat von Nicolas erfahren, dass wir uns jeden Tag im Park treffen. Sie will das nicht. Und ich habe Angst, dass sie hier auftaucht und dich wegschickt.«

»Habe keine Angst. Komm, wir gehen zu unserer Bank und es wird nichts geschehen.«

»Nein, ich will aber nicht. Lass uns woanders hingehen, bitte.«

»Juan, habe ich dir jemals etwas gesagt, das nicht stimmt?«

»Nein, aber –.«

»Kein ›aber‹, komm, vertraue mir.«

Alfredo nahm Juan an die Hand. Zögernd ging er mit. Sie setzten sich auf die Bank. Juan schaute aufgeregt nach links und rechts.

»Wo waren wir stehen geblieben?«

»Weiß ich nicht mehr«, antwortete Juan und verschränkte die Arme vor seiner Brust.

»Ach ja, ich hab's. Philippe heilte die Menschen, indem er sie sich vollkommen gesund vorstellte.«

»Darüber habe ich nachgedacht«, unterbrach ihn Juan.

»Und zu welchem Schluss bist du gekommen?«

»Weiß noch nicht, doch ich finde das gut. Ich finde es gut, dass Menschen andere heilen oder ihnen helfen können.«

»Ja, das ist eine besondere Gabe. Nun lass mich weitererzählen.«

»Sag ja nichts mehr.«

»Also – es wurde mehr und mehr zu einem Problem, dass ständig Menschen vor Ángels und Rosas Haus standen. Auch waren welche darunter, die nichts Gutes im Sinn hatten. Und – «

Alfredo unterbrach, weil Juan nicht mehr zuhörte und aufgeregt auf eine Person starrte, die sich ihnen von Weitem näherte.

»Meine Mutter!«, rief Juan und wollte aufspringen. Alfredo ergriff im letzten Moment seinen Arm.

»Halt! Bleib bitte, alles ist gut.«

Alfredo war die Ruhe selbst, als Maria näher kam.

»Mama! Bitte!«, rief Juan, als seine Mutter vor ihnen stand.

Alfredo stand auf und lüftete seinen Hut.

»Guten Tag, ich bin Alfredo.«

»Lopéz, Juans Mutter. Können Sie mir bitte erklären, was hier vor sich geht?«

»Ja, das kann ich. Wie ich bereits sagte, ist mein Name Alfredo. Ich bin Geschichtenerzähler und erzähle Ihrem Sohn die Geschichte von Philippe und seinem Großonkel Fernando.«

»So, Sie sind Geschichtenerzähler. Und wissen Sie denn auch, dass mein Sohn, seit Sie ihm diese Geschichte erzählen, nur noch träumend durch die

Gegend läuft und in der Schule, wie auch zu Hause unkonzentriert ist?«

»Davon wusste ich nichts. Ich werde mit ihm reden, damit er sich wieder konzentriert.«

»So, Sie wollen mit ihm reden. Glauben Sie, dass ich das nicht schon etliche Male getan habe? Seine Lehrerin übrigens auch.«

»Das glaube ich. Ich möchte Ihnen einen Vorschlag machen. Wenn sich Juan in den nächsten zwei Tagen nicht wieder so konzentriert verhält wie zuvor, werde ich mit der Geschichte nicht fortfahren.«

»Aber! Mama!«, protestierte Juan.

»Du bist still!«, gab seine Mutter energisch zurück. Sie sah Alfredo länger in die Augen. Er war kein schlechter Kerl, dies spürte sie. Doch seine sonderliche Kleidung gab ihr zu denken. Sie zögerte – sah abwechselnd zu Juan und Alfredo. »Also gut, aber nur zwei Tage.«

»Juhu! Juhu!«, rief Juan.

»Ich werde mich wieder in der Schule konzentrieren. Ich verspreche es, wirklich.«

»Wir werden sehen«, sagte seine Mutter. »Und nicht nur in der Schule. Auch zu Hause. Seine Geschwister nennen ihn nur noch ›Träumer‹.«

»Ich rede mit ihm«, versprach Alfredo.

»Gut, zwei Tage. Nicht mehr«, sagte Maria.

»Ja, zwei Tage«, wiederholte Alfredo.

Maria verabschiedete sich.

»Juan«, begann der Geschichtenerzähler.

»Das geht wirklich nicht, dass du in der Schule nur träumst. Sie ist sehr wichtig für dich. Du musst mir versprechen, dich in der Schule und auch zu Hause wieder zu konzentrieren.«

»Ja, ich verspreche es.«

»Du hast gehört, was deine Mutter gesagt hat.«

»Ja, habe ich. Bitte erzähl weiter.«

Alfredo dachte nach.

»Also – Philippe heilte die Menschen, indem er sie sich vollkommen gesund vorstellte. Mehr tat er nicht und brauchte er auch nicht zu tun. Alle, die von ihm geheilt wurden, sprachen von wahren Wundern, die Philippe vollbrachte. Da kann sich jeder vorstellen, dass sich Nachrichten über diese Wunderheilungen rasend schnell unter den Menschen verbreiteten. Manch einer sprach von einem Heiligen, den die Welt noch nicht gesehen habe. Doch auf seine eigene Weise war Philippe ein ganz normales Kind, das gerne lachte, spielte und mit Freunden zusammen war.

Fernando blieb zwei Wochen, war oft mit Philippe zusammen, redete viel mit Rosa und Ángel und machte sich so seine Gedanken, was nun, da er keine Schmerzen mehr verspürte, zu tun sei. Zuallererst wollte er ein Versprechen einlösen. Er verabschiedete sich schweren Herzens von Philippe, seinen Geschwistern, den Eltern und machte sich auf den Weg zu Carlos und Beatriz. Oft hatte er an Marta denken müssen, mit der er über Philippe reden wollte.

Gegen Abend traf er bei Carlos und Beatriz ein, die sich über Fernandos überraschenden Besuch freuten. Gespannt lauschten sie seinen Worten über die Geschehnisse der letzten Tage. Marta hatte ihren freien Tag und würde erst am morgigen Tage wieder im Hause sein. Nun ja, Fernando schlief im gleichen Zimmer wie zuvor.

Lange noch unterhielt sich Carlos mit seiner Frau in dieser Nacht. Fernando und Finisterre wollten ihnen nicht aus dem Kopf gehen.

›Hinter diesem Fernando verbirgt sich etwas. Ich rieche es förmlich. Wenn ich nur wüsste, *was* es ist‹, bekräftigte Carlos wieder und wieder.

Am folgenden Morgen, Fernando lag wach in seinem Bett und betrachtete die Vögel, die im Garten vergnügt umherflogen und ihn mit ihren Gesängen erfreuten, klopfte es an der Zimmertür.

›Ja, bitte.‹

Marta trat mit strahlendem Lächeln und einem kleinen Krug in ihrer Hand ins Zimmer.

›Guten Morgen, ausgeschlafen?‹

›Marta! Das ist ja eine freudige Überraschung.‹

›Wie geht es Ihnen? Die Herrschaften haben mir von Ihrer Begegnung mit Philippe erzählt. Es freut mich so sehr, dass Sie ihn gefunden haben.‹

›Stellen Sie sich vor, Marta, ich habe keine Schmerzen mehr. Ist das nicht wundervoll? Es bedurfte lediglich Philippes Gegenwart.‹

›Das ist ja fantastisch. Dieser Philippe scheint wirklich ein Wunderkind zu sein.‹

›Ja, das ist er. Doch was mich am meisten aufhorchen ließ, war das Gespräch mit seinen Eltern. Ich hatte es zwar schon vermutet, doch sie haben mir bestätigt, dass Philippe die Menschen heilt, indem er sie sich gesund vorstellt. Und ich habe mir gedacht, dass, weil auch Sie heilen, wissen möchten, wie Philippe die Menschen von ihren Erkrankungen befreit.‹

›Ja, sicher, es interessiert mich sehr. Seit ich denken kann, befasse ich mich mit Heilungen.‹

›Genau das ist der Grund, weshalb ich mit Ihnen darüber reden möchte. Wie Philippes Eltern, Ángel und Rosa, mir erzählten, haben sie das Zimmer der verstorbenen Großmutter hergerichtet. In diesem Zimmer befinden sich in der Mitte zwei Stühle, gegenüberstehend. Neben dem Fenster, das einen Ausblick zum Garten gewährt, steht ein kleiner Tisch mit einem Marienbildnis und einer Vase mit frischen Blumen. Auf dem Boden liegt ein brauner Teppich. An der Wand neben der Tür steht eine Anrichte. Und über den Stühlen hängt eine Lampe, die ein sanftes Licht auf die Besucher wirft.‹

›Ich habe vor Jahren gehört, dass in Pamplona ein Kind zur Welt gekommen sein soll, das etwas ganz Besonderes ausstrahlt. Diejenigen, die sich lediglich in der Gegenwart dieses Kindes befinden, fühlen sich gut, strahlen und empfinden unerklärliches Glück.‹

›Und bei diesem Kind handelt es sich um Philippe. Im Laufe der Jahre hat sich herausgestellt, dass Philippe Eigenschaften, Gaben, besondere Kräfte,

Energien, wie auch immer man es ausdrücken möchte, besitzt, die zu ganzheitlichen Heilungen bei Menschen führen. Gemeinsam mit ihrem Hausarzt, dem sie voll und ganz vertrauen, haben seine Eltern ein wenig experimentiert. Und letztendlich, als Philippe zu sprechen begann, herausgefunden, dass er sich die kranken Menschen als ganzheitliche, gesunde, göttliche, vollkommene Wesen vorstellt. Und das sind sie ja auch, hatte Philippe immer wieder betont. Ist das nicht fantastisch? Ich finde es so etwas von wundervoll, dass ich jedes Mal vor Glück weinen könnte. Ja, ich bin davon überzeugt, dass Philippe mit und durch göttliche Liebe heilt. Das ist in meinen Augen ein Beweis dafür, dass alle Menschen aus nichts anderem geboren werden als aus dieser einheitlichen, reinen göttlichen Liebe. Und wieder dorthin zurückkehren. In Mutters göttlichen Schoß, aus dem sie geboren wurden, heil und vollkommen.‹

Marta saß mittlerweile auf einem Stuhl und lauschte Fernandos Worten.

›Mir kommt da ein Gedanke. An Ihrem nächsten freien Tag, oder wenn es die Herrschaften erlauben, würde ich Sie gerne Philippe und seinen Eltern vorstellen. Was halten Sie davon?‹

›Sehr gerne würde ich Philippe sehen. Ich denke, dass wir es am nächsten Sonntag, an meinem freien Tag, einrichten könnten.‹‹

Alfredo sah Juan an. Dieser wurde unruhig.

»Juan, morgen komme ich nicht. Übermorgen bin ich wieder hier, wenn die Sonne zwischen den Bäumen steht. Ich muss sichergehen, dass du dich in der Schule und zu Hause wieder konzentrierst. Ansonsten kann und darf ich dir die Geschichte nicht weitererzählen. Ich hoffe, dass du das verstehst.«

»Bitte, bitte, ich hab's doch schon meiner Mutter versprochen. Ich konzentriere mich wieder. Kannst du morgen nicht kommen?«

»Übermorgen komme ich. Und nun sei brav und geh nach Hause.«

»Und du kommst auch bestimmt?«

»Ja, bestimmt. Du weißt, dass du dich auf mich verlassen kannst. Nun geh.«

»Na gut.«

Juan nahm Alfredos Hand, drückte sie, als wenn er für immer Abschied nehmen müsste, und lief mit einem Druck, der auf seinem Magen lastete, nach Hause.

Ich nehme mir fest vor, mich in der Schule und Zuhause zu konzentrieren. Ich nehme mir fest vor, mich in der Schule und Zuhause zu konzentrieren. Ich nehme mir fest vor, mich in der Schule und Zuhause zu konzentrieren, wiederholte Juan immer wieder.

Juan begrüßte an jenem Abend jeden einzeln. An den Tagen zuvor war er, ohne irgendjemanden zu beachten, zur Tür hereingestürmt, ins Bad gerannt, hatte seine Hände gewaschen und sich anschließend an den Tisch gesetzt, als wenn seine Familie überhaupt nicht existieren würde. Tat sie für Juan auch nicht, weil er mit seinen Gedanken nur noch bei Philippe und Fernando war.

»He, Juan, was ist denn mit dir los?«, fragte ihn Roberto.

»Seit wann grüßt du deine eigene Familie? Das hat es ja schon lange nicht mehr gegeben.«

Alle lachten.

»Lasst ihn«, ermahnte die Mutter.

»Gib mir bitte deinen Teller, Roberto.«

»Nicht so viel, ich bin nicht hungrig.«

»Ich tue dir schon nicht zu viel auf deinen Teller, brauchst keine Angst zu haben.«

»Wie geht es in der Schule?«, fragte Juan Monica.

»Seit wann interessierst du dich dafür, wie es in meiner Schule ist?«

»Nur so«, meinte Juan.

»Mami, wann kommt Papi nach Hause?«, richtete er seine Aufmerksamkeit auf seine Mutter.

»Weißt du doch«, mischte sich Roberto ein.

»Wie immer, nach acht, wenn er keine Überstunden machen muss.«

»Ich habe Mam gefragt, nicht dich«, schrie Juan seinen Bruder an.

»Ruhe jetzt, hört auf zu streiten«, griff die Mutter ein.

Nach dem Essen half Juan seiner Mutter beim Abwasch: »Mami, ich verspreche es. Ich konzentriere mich wieder. Der Geschichtenerzähler hat gesagt, dass er erst übermorgen wiederkommt. Auch ihm habe ich es versprochen.«

»Juan, ich glaube dir. Doch zuallererst spreche ich morgen nach dem Unterricht mit deiner Lehrerin. Und nicht nur morgen. Nächste Woche werde ich sie nochmals befragen. Ich weiß schließlich nicht, wie lange die Geschichte andauert.«

»Du kannst meine Lehrerin ruhig fragen, wirst sehen, dass ich mich wieder konzentriere.«

Bevor Juan zu Bett ging, wünschte er jedem eine gute Nacht. Seine Mutter schüttelte den Kopf, als sie ihren Sohn in sein Zimmer gehen sah. Er ist so ein lieber Kerl, dachte sie.

Ich konzentriere mich in der Schule. Ich konzentriere mich in der Schule. Ich konzentriere mich in der Schule. Ich konzentriere mich in der Schule, waren Juans Gedanken am nächsten Tag auf dem Schulweg.

Seine Lehrerin wusste nicht, wie ihr geschah an diesem Tag. Juan war immer einer der Ersten, der sich meldete. Er schaute nur ein einziges Mal zum Fenster, als ein Vogel vorbei flog, und zeigte sich konzentriert wie lange nicht mehr. In der Pause rief sie Juan zu sich, lobte und ermutigte ihn, in diesem Sinne weiterzulernen.

Auf dem Weg nach Hause atmete Juan tief durch und war sich sicher, am nächsten Tag die Geschichte weiterhören zu dürfen. Den geschichtenfreien Tag wollte er nutzen, um Nicolas eine Abreibung zu verpassen. Der hatte schließlich alles verraten, war der

Auslöser für all die Probleme, die er nun zu klären hatte. Juan wusste, wo Nicolas sich nachmittags mit Hector traf.

Nach dem Mittagessen, bei dem er auch wieder aufmerksam auf seine Mutter und Geschwister einging, lief er in den kleinen Wald, in dem er Nicolas und Hector vermutete, und versteckte sich hinter einem Baum. Lange brauchte er nicht zu warten, bis die beiden auftauchten. Zuerst einmal wollte er sie nur beobachten. *Natürlich, hab ich's mir doch gedacht. Feuer machen die im Wald, was verboten ist. Könnte ich ja auch verraten.*

Mit einem Satz sprang Juan aus seinem Versteck. Nicolas und Hector, die sich etwa zehn Meter von ihm entfernt befanden, ließen vor Schreck ihre Fackeln aus den Händen fallen. Sie starrten Juan an, als wenn ihnen ein Geist erschienen wäre.

Nicolas bekam es mit der Angst zu tun, weil er wusste, dass Juan stärker war als er. Bei ihren zahlreichen Box- und Ringkämpfen hatte er es oft erfahren müssen. Er ahnte, was ihm blühte, und hielt Ausschau nach Hector, der sich schon einige Meter hinter ihm befand. Geistesgegenwärtig bückte sich Nicolas nach der Fackel, die nun aufloderte.

»Bleib stehen, sonst – «, schrie er Juan an.

»Das traust du dich nicht«, rief dieser zurück.

»Ich trau mich, wenn du näher kommst.«

»Du kannst mich nicht verbrennen.«

»Vielleicht nur ein Bein«, drohte Nicolas. »Damit du wieder abhaust.«

»Du spinnst wohl. Wenn ich meinem Vater erzähle, dass du mir ein Bein verbrannt hast, kannst du was erleben.«

Nicolas verließ der Mut. Sein Vater und Juans Vater waren Freunde.

»Juan, wenn du mir nichts tust, werfe ich die Fackel weg.«

»Das kann ich dir nicht versprechen. Verräter müssen bestraft werden. Das weißt du doch.«

»Aber ich hab's doch nicht extra gemacht. Deine Mutter hat mich gefragt, warum du nicht mehr mit mir spielst und wo du dich herumtreibst. Dann habe ich ihr gesagt, dass du seit Tagen nicht mehr mit mir gespielt hast und auf der Parkbank neben einem alten Mann gesessen hast, der komisch aussieht.«

»Weißt du überhaupt, dass ich seitdem nichts als Ärger habe. Meine Mutter hat dem Geschichtenerzähler gesagt, dass er nicht mehr weitererzählen dürfe, wenn ich mich in der Schule und zu Hause nicht konzentrieren würde.«

Juan erschrak. Nun hatte er sich selbst verraten. Er wollte das Wort *Geschichtenerzähler* auf keinen Fall aussprechen.

»Es tut mir leid. Ich habe es nicht absichtlich gemacht. Lass uns wieder Freunde sein«, versuchte Nicolas zu schlichten.

»Wie kann ich mit einem Verräter befreundet sein?«

Im gleichen Augenblick ließ Nicolas die Fackel fallen und lief, so schnell er konnte, davon. Von Hector war weit und breit nichts mehr zu sehen.

Das Laub fing an zu brennen. Juan hatte seine liebe Mühe, das Feuer zu ersticken. Glücklicherweise hatte es sich noch nicht ausgebreitet. Anschließend ging er auf dem Nachhauseweg an der Parkbank vorbei und hielt Ausschau nach der Sonne, die bereits hinter der zweiten Eiche verschwunden war. Wehmütig schaute er zur Bank, deren Leere ihn schmerzte. Morgen, dachte er. Ich habe mich konzentriert. In der Schule und auch zu Hause. So lautete die Abmachung. Also darf ich die Geschichte weiterhören.

Auch an diesem Abend und am nächsten Tag in der Schule war Juan auffallend aufmerksam, sodass seine Lehrerin oft schmunzeln musste.

Nach der Schule lief Juan nach Hause, grüßte wieder jeden, und bestätigte seiner Mutter, dass er sich in der Schule konzentriert habe. Diese erlaubte ihm daraufhin, die Geschichte weiterhören zu dürfen. Juan hüpfte vor Freude um den Küchentisch und drückte seine Mutter fest an sich. Nach dem Essen, das er eiligst hinunterschlang, was seiner Mutter nicht gefiel, sie aber verstand, rannte er in den Park. Das dauert noch, dachte er, als er auf der Bank saß und die Sonne beobachtete. Sie war noch weit von der ersten Eiche entfernt. Juan nahm sich einige kleine Stöcke und warf sie zu einem Stein, der sich in einiger Entfernung vor der Bank befand. Nun waren

Philippe und Fernando für ihn wieder in seiner Vorstellung präsent. Er überlegte, wo die Geschichte vor zwei Tagen vorläufig ihr Ende gefunden hatte. Es kam ihm wie eine Ewigkeit vor. Alfredo hatte ihm gefehlt.

Die Zeit wollte einfach nicht vergehen. Liebend gerne hätte er die Sonne ein Stückchen weitergeschoben. Oder die Bäume nach links versetzt. *Das dauert ja eine Ewigkeit.* Juan wurde müde vom ständigen Aufsammeln der Stöcke. Doch darüber vergaß er die Zeit. Als er sich nach einem Stock bückte, bemerkte er, dass jemand hinter ihm stand. Langsam drehte er sich um.

»Alfredoooo! Alfredo! Alfredo!«

Juan drückte ihn so fest, als wenn er ihn nie wieder loslassen wollte.

»Komm, wir setzen uns. Hast du dich in der Schule und zu Hause konzentriert?«

»Ja, hab ich, bestimmt.«

»Weißt du, wo wir stehen geblieben sind?«

»Ja, weiß ich. Fernando war bei Marta.«

»Richtig, sie hatten verabredet, Philippe gemeinsam an Martas freiem Tag, sonntags, einen Besuch abzustatten.«

»Also«, begann Alfredo wie meistens.

»Nachdem Carlos in seinen schlauen Büchern nachgeforscht hatte, richtete er viele Fragen an Fernando. Obwohl er ein hohes Maß an Wissen besaß, fühlte Carlos eine gewisse Lehre in seinem Innern. Es ärgerte ihn, dass er diese Leere nicht benennen konnte. Er fand keine Worte für diesen Zustand, wenn man es denn als Zustand bezeichnen mag. Weil Carlos großen Wert auf Fernandos Meinung legte und er ahnte, dass jener ein weiser Mensch war, der mehr wusste als die meisten anderen, und vor allen Dingen anderes wusste, bat er ihn, bis Sonntag sein Gast zu sein.

Die Abende verbrachten sie in der Bibliothek bei einem Glas Wein. Bei einem sehr guten Rotwein, was Fernando durchaus zu schätzen wusste. Überhaupt fühlte er sich bei seinen Gastgebern gut aufgehoben, zumal auch die Küche keine Wünsche offen ließ.

Sie sprachen über Philippe und die Leere, die Carlos empfand. Fernando bekam im Laufe der Gespräche eine Ahnung, um welcher Art Leere es sich bei Carlos handeln könnte. Es war ihm bewusst, dass jener ein guter Mensch war. Er hatte stets ein offenes Ohr für seine Frau und behandelte die Bediensteten ebenfalls gut. Carlos war in Pamplona angesehen, besaß Ruhm und Reichtum, doch es fehlte etwas. Die Ehe war kinderlos geblieben. Warum auch immer. Darunter litt ihre Ehe seit Jahren, wie Carlos Fernando versicherte. Doch war da noch etwas anderes, was ihn bedrückte. Fernando meinte am dritten Abend den Grund ausfindig gemacht zu haben. Carlos konnte keine anderen Menschen lieben, weil er in seiner Kindheit selbst keine Liebe von seinen Eltern erfahren hatte. Das war der Grund für seine

Leere. Er verehrte seine Frau, erfüllte ihr jeden Wunsch, doch aufrichtig lieben konnte er sie nicht. Beatriz hatte sich damit abgefunden.

Carlos konnte nicht an Gott glauben. Fernando wusste, dass das wahre Glück der Menschen einzig im Glauben und in der Liebe zum Göttlichen, und der Liebe zu sich und dem Leben, zu finden ist. Menschen *bestehen* aus wahrer, reiner, göttlicher Liebe, nur glauben es die meisten nicht. Und was wir nicht glauben, existiert für uns nicht. Keine Macht, weder Gold noch Diamanten können die Menschen auf Dauer glücklich machen. Carlos' Problem war, dass er seinen Eltern die erlittene Lieblosigkeit nicht vergeben konnte. Doch Vergebung führt zu Heilung. Gott ist großzügig. Er vergibt uns unsere Fehler. Deshalb sollten auch wir Menschen einander vergeben. Und, was äußerst wichtig ist, uns selbst vergeben. Denn niemand ist perfekt. Unser Nachbar macht Fehler, unsere Eltern, unsere Lehrer und Geschwister. Deshalb sollten wir nicht so schnell mit dem Finger auf andere zeigen, wenn sie Fehler machen. ›Wer ohne Sünde ist, der werfe den ersten Stein‹, hat Jesus gemahnt.

Sonntags nahm Fernando sein Bündel, verabschiedete sich von Carlos und Beatriz und machte sich mit Marta auf den Weg zu Philippe. Marta hatte viele Fragen, während sie die Stadt durchquerten. Am meisten faszinierte sie, dass Philippe die Menschen heilte, indem er sie sich einfach nur heil vorstellte.

›Fernando‹, fragte Marta.

›Kennen Sie noch jemanden, der solch wundervolle Eigenschaften wie ihr Großneffe besitzt?‹

›Ich glaube nicht, dass es viele auf unserer Mutter Erde gibt, die diese Gabe erhalten haben. Doch, dank Gott, ich glaube, dass es außer Philippe noch andere gesegnete Menschen gibt, die auf diese Art heilen können.‹

Fernando spürte, dass Marta mehr Wissen in sich trug, als ihr bewusst war. Sie war eine jener Menschen, die nur dafür lebten, anderen zu helfen. Marta hatte keinen Mann und lebte mit ihrer Mutter in einem kleinen Haus in der Stadt. Ihr Vater war viele Jahre zuvor verstorben. Marta fühlte eine Verbundenheit zu Fernando. Er war ihr sehr vertraut. Auch liebte sie es, mit ihm über Dinge reden zu können, zu denen nicht viele einen Zugang fanden. Die meisten Menschen waren verschlossen, hatten Angst, in Ungnade zu fallen oder gar für verrückt erklärt zu werden, wenn sie sich über Themen austauschten, die nicht der Alltagsnormalität entsprachen.

Als sie an Philippes Haus eintrafen, hielten sich wieder mehrere Menschen vor dem Tor auf. Ángel hatte mittlerweile eine Wachperson einstellen müssen, weil manch einer über die Mauer geklettert war. Zwar stellten die Hunde die Eindringlinge, doch wollte Ángel es überhaupt nicht so weit kommen lassen. Fernando wandte sich an den Wachposten, der ihn kannte. Minuten später erschien Rosa mit den

Hunden. Als das Tor aufgeschlossen wurde, strömten alle gleich herbei.

Fernando umarmte Rosa und stellte ihr Marta vor, bevor sie sich ins Haus begaben. Ángel war mit Philippe in der Stadt. Miguel, ein befreundeter Arzt, hatte Ángel und Philippe um Hilfe gebeten, weil sein Onkel schwer erkrankt war und er selber keinen Rat mehr wusste. Von diesem Treffen durfte natürlich die Öffentlichkeit nichts erfahren. Niemand durfte wissen, dass ein Arzt ein Kind zu Hilfe ruft, weil er mit seinem Latein am Ende war. Zudem Miguel ein guter Arzt war.

Die Magd brachte auf Rosas Anweisung Tee. Marta fühlte sich vom ersten Augenblick an wohl im Haus. Sie erzählte aus ihrem Leben und von ihrer Arbeit in Carlos' Haus. Rosa kannte Carlos und seine Frau. Sie hatten sich gelegentlich bei Gottesdiensten gesehen und deshalb wusste sie von Marta, die ihre Herrschaften schon von manch einer Krankheit befreit hatte. Überhaupt waren Krankheit und Heilung zu jener Zeit ein bedeutendes Thema. Mit Krankheit wurde zudem viel Geld verdient und auch Schindluder getrieben. Manch ein schlimmer Geselle gab sich als Heiler aus, verkaufte den Menschen teure Medizin, die nichts als Alkohol und Zucker enthielt.

›Wisst ihr‹, begann Fernando, ›im frühen China lebten bei den reichen Familien Hausärzte. Und die wurden nur entlohnt, wenn alle Familienmitglieder gesund waren. Falls nur einer in der Familie erkrankte, bekam der Arzt kein Gehalt mehr, bis derjenige wieder gesund war.‹

›Demnach‹, fügte Rosa hinzu, ›wurde der Arzt für die Gesundheit bezahlt und nicht für die Krankheit.‹

›Ich mag die Geschichte aus dem alten China‹, meinte Marta. ›Eine langwierige Erkrankung eines Familienmitgliedes wäre für den Hausarzt nicht von großem Interesse gewesen.‹

Es dauerte nicht lange, bis Philippe mit seinem Vater eintraf. Sofort lief er zu Fernando und drückte ihn. Nachdem Marta Ángel begrüßt hatte, stellte Fernando ihr Philippe vor.

›Solche Augen habe ich noch nie gesehen‹, flüsterte sie Fernando ins Ohr, nachdem Philippe den Raum verlassen hatte.

Ángel setzte sich an den Tisch und wandte sich Rosa und seinen Gästen zu: ›Unglaublich, Miguel war sprachlos. Sein Onkel hat heute das Spital verlassen. Krankenschwester und Pfleger haben ihn kopfschüttelnd verabschiedet. Sie waren sich einig, dass ein Wunder geschehen sei. Dass dieses Wunder Philippe vollbracht hatte, wussten sie nicht, weil Miguel es geheim gehalten hatte. Er hätte es niemandem verständlich machen können. Außerdem wollte er Philippe vor der Öffentlichkeit schützen.‹

Philippe erschien und lief sofort wieder zu Fernando. Sie unterhielten sich angeregt bis zum Mittagessen. Marta spürte, dass mit ihr etwas geschah. Sie hatte den Eindruck, dass die Begegnung mit Philippe wichtig für sie war. Am späten Nachmittag verabschiedete sie sich schweren Herzens.

›Leben Sie wohl‹, sagte sie zu Fernando.

›Leben auch Sie wohl, Marta, und vielen Dank für all das, was Sie mir gegeben haben.‹

Fernando blieb noch zwei Nächte, bevor er sich auf den Heimweg machte. Er musste zu Dolores, die sich sicher um ihn sorgte. Seit Monaten war er nun fort. Den Rückweg konnte er mit einem Pferd und Wagen antreten. Ángel war vermögend, es bereitete ihm viel Freude, Fernando helfen zu können. Einen Geldbetrag und zwei Pistolen, zu seiner Sicherheit, gab er ihm ebenfalls mit auf die lange Reise.«

»Fernando geht zurück?«, staunte Juan.

»Ja, er muss zu seiner Frau«, erwiderte Alfredo.

»Und du musst jetzt nach Hause, deine Mutter wartet sonst mit dem Essen auf dich. Du willst sie sicher nicht warten lassen.«

»Nein, will ich nicht. Morgen, wenn die Sonne zwischen den beiden Eichen steht?«

»Morgen, wenn die Sonne zwischen den Eichen steht. Ja, und denke daran. Konzentriere dich zu Hause und in der Schule.«

»Ja, ja.«

»Hier, nimm diesen Stein. Stecke ihn in deine Hosentasche. Er soll dich stets daran erinnern, aufmerksam zu sein. Nimm ihn öfters in deine Hand und reibe ihn.«

Juan nahm den glänzend blauen Stein aus Alfredos Hand. Er fühlte sich warm an.

»Danke!«

»Bitte.«

Auf dem Nachhauseweg rieb Juan fortwährend an dem Stein. Und je mehr er ihn rieb, desto wärmer wurde dieser. Er liebte den Stein und er liebte Alfredo. Ohne Alfredo konnte und wollte Juan sich sein Leben nicht mehr vorstellen. Er, Philippe und Fernando waren zu einem wichtigen Teil seines Lebens geworden.

Juan bekam immer mehr ein Gefühl dafür, dass noch eine andere Welt existieren müsse. Na ja, er wusste, dass es eine Fantasiewelt gab. Er konnte sich irgendetwas ausdenken, was er immer schon gerne tat. Und da war ja noch die Traumwelt. Und auch die Wunschwelt. Juan hatte festgestellt, dass Wünsche in Erfüllung gingen. Mit Nicolas hatte er es spielend ausprobiert. Sie hatten mit kleinen Dingen begonnen. Nicolas äußerte den Wunsch, Schokolade zu bekommen. Daraufhin trafen sie im Park, nachdem sie aus dem Wald gekommen waren, auf einen alten Mann, der jedem von ihnen spontan ein Stück Schokolade in die Hände drückte. Das funktionierte ganz gut. Sie hatten beschlossen, ihre Wünsche zu steigern. Einen Schatz wünschte sich Juan, obwohl Nicolas der festen Überzeugung war, dass der Wunsch zu groß sei. Doch war er sprachlos, als sie in der Stadt vor einem Supermarkt sieben Münzen fanden. Die Münzen befanden sich nun im Versteck neben ihrem Lieblingsbaum im Wald. In einer kleinen Schatztruhe versteht sich, die sie aus Holz gebastelt hatten. Nach der Auseinandersetzung mit Nicolas hatte Juan die Münzen ausgegraben und an einem anderen Ort versteckt.

Das alles war für Juan Beweis genug, dass eine Wunschwelt existierte. Auch war er davon überzeugt, dass es sich bei der Fantasiewelt ebenfalls um eine reale Welt handelte. Denn ein ganz einfacher Beweis war ja schließlich, dass es sie gab. Zu Nicolas hatte er einmal gesagt, dass, wenn er sich ein Raumschiff, das zu fernen Planeten fliegen kann, vorstellen könne, es sicherlich auch irgendwo und irgendwann existieren würde. Genauso verhalte es sich mit den Sternen. Wenn er sich Menschen auf fremden Sternen vorstellen könne, die eine lange Nase, lange Ohren und lange Finger hätten, dann gebe es die auch. Sonst könnte er sich diese doch nicht vorstellen. Nicolas hatte ihn für verrückt erklärt. Doch das störte ihn nicht. Juan war sich sicher, dass das, was er denken und fantasieren konnte, auch existierte.

Bevor Juan die Küche betrat, rieb er zum letzten Mal an dem Stein, um auch sicher zu sein, dass er voll und ganz konzentriert war. War er dann auch. Nachdem er jeden begrüßt, seine Mutter gedrückt und von ihr einen Kuss auf die Stirn bekommen hatte, ging er ins Bad. Seine Geschwister hatten es aufgegeben, sich über ihren Bruder zu wundern.

Gesponnen hatte er schon immer ein wenig, wie sie meinten. Er war halt anders.

Nun, seit Juan den Stein besaß, der sich Tag und Nacht an seiner Seite befand, fühlte er mehr Sicherheit und Selbstbewusstsein. In der Schule schien er intelligenter als je zuvor. Immer, wenn er den Stein berührte, war er sich Alfredos Unterstützung sicher. Und nicht nur der Hilfe Alfredos. Da war noch eine andere, größere und mächtigere, die er nicht zu benennen vermochte, die ihm jedoch gefiel. Juan fand irgendwann einen Namen dafür – *die universelle Hilfe*. Seine Welt war in Ordnung.

Am nächsten Tag saß er nur wenige Zentimeter, bevor die Sonne die linke Eiche berührte, auf der Bank und zeichnete in seinem Block. Alfredo erschien pünktlich wie immer. Juan lief auf ihn zu und nahm seine Hand.

»Hallo, mein kleiner Freund. Wie geht es dir?«

»Gut!«

»Dann können wir mit der Geschichte fortfahren«, sagte er, während sie sich auf die Bank setzten, auf welcher der Zeichenblock und Juans Stifte lagen.

»Also«, begann Alfredo.

»Fernando war traurig. Der Abschied von Philippe und dessen Familie stand bevor. Und denen fiel der Abschied ebenso schwer. Es war ein verregneter Tag, nicht kalt, doch grau und unfreundlich mit stürmischen Windböen. Philippe hielt Fernandos Hand.

›Mach's gut, Philippe. Ich komme bestimmt wieder.‹

›Kannst du nicht länger bleiben?‹, bettelte Philippe.

›Würde ich gerne, doch Dolores wartet auf mich. Ich muss zu ihr zurück.‹

Rosa drückte ihn, dann reichte er Ángel die Hand. ›Danke für Pferd und Wagen und dass ich bei euch sein durfte.‹

›Danke, dass du bei uns warst. Gute Reise und komm irgendwann einmal wieder. Du bist jederzeit herzlich willkommen.‹

Fernando weinte, als er das Pferd antrieb. Er schaute nicht mehr zurück. Ob er jemals wiederkommen würde, wusste er nicht. Es war sein Wunsch. Doch der Weg war weit, sehr weit. Mit Pferd und Wagen würde es schneller gehen, doch warteten auch wieder Gefahren auf ihn, die er nicht einzuschätzen vermochte.

Die ersten Tage verliefen ruhig. Das Pferd war ausdauernd; Fernando gönnte ihm die Pausen, die es brauchte, um zu verschnaufen und Nahrung und Wasser aufzunehmen. Fernando freute sich auf Dolores, die er sehr vermisste. Mit den Jahren waren sie zusammengewachsen. Sie kannten sich schon als Kinder, wie es in kleinen Orten üblich ist. Es war vorbestimmt, dass sie irgendwann heiraten würden. Dolores war eine schöne Frau. Gerne zeigte sich Fernando mit ihr auf Dorfveranstaltungen, zudem sie auch gut tanzen konnte. Hin und wieder musste er jemandem eine Tracht Prügel verabreichen, der seiner Dolores zu nahe kam. Fernando musste schmunzeln, als er darüber nachdachte.

Irgendwann gelangte er abermals zu dem Bauernhof, in dem die alte Frau wohnte, die ihm die seltsame Geschichte über die Lichtung im Wald erzählt hatte. Sie freute sich aufrichtig, als sie Fernando vor der Tür stehen sah.

›Komm rein, sei willkommen. Hast du gefunden, wonach du gesucht hast?‹

›Ja, ich habe meinen Großneffen Philippe gefunden. Und er hat mich geheilt. Nun habe ich keine Schmerzen mehr.‹

›Dieser Philippe muss ein außergewöhnlicher Bub sein. Wie alt ist er?‹

›Philippe ist gerade mal sechs Jahre alt.‹

›Erst sechs, erstaunlich. Und mit solch wundervollen Gaben ausgestattet.‹

›Ja, ich glaube, dass es nicht viele Menschen auf dieser Erde gibt, die Philippes Eigenschaften besitzen. Der heilige Leonardo, Mönch und Eremit, war ein großer Heiler. Sie nannten ihn den Heiligen, den von Gott Gesandten. Er lebte in einer Höhle unweit Finisterre.‹

Fernando blieb eine Nacht und verabschiedete sich am frühen Morgen von der Alten. Frieden war in ihm. Eine Ruhe, die ihn glücklich stimmte. Er hatte sein Leben gelebt. In seinem Alter waren die meisten seiner Freunde und Bekannten schon gestorben. Angst vor dem Tod hatte er nicht. Warum auch. Es würde schon irgendwie weitergehen. Der Tod kann ja wohl nicht das Ende von allem sein, glaubte er. Wie auch, wo es doch so unendlich viel Leben im riesigen Universum gibt. Wenn Fernando anhielt, um dem Pferd eine Pause zu gönnen, vernahm er den bezaubernden Gesang der Vögel, der jedes Mal aufs Neue sein Herz berührte. Fernando glaubte, dass Vögel, wie auch andere Tiere, mit einer außerordentlichen Intelligenz ausgestattet waren. Er sah das gesamte Wissen des Universums in jenen Kreaturen.

Und Fernando glaubte, dass dieses universelle Wissen natürlich auch in den Menschen vorhanden war. Wissen lebt in und mit uns. Wie sollte es auch anders sein. Es gibt Beweise genug für diese These. Sein Gefühl hatte ihm öfters klar und deutlich zu verstehen gegeben, nicht diesen, sondern jenen Weg einzuschlagen. Wenn er, was selten genug vorkam, nicht auf sein Gefühl gehört hatte, verlief der Weg in eine Sackgasse oder aber es ereignete sich Unerfreuliches. Fernando hatte gelernt, auf sein Gefühl zu hören. Seiner Meinung nach befand sich die universelle Intelligenz im Gefühl. Ihm wurde klar, dass Gott und sein Schutzengel mit ihm mittels seiner Gefühle kommunizieren. ›Gehe dorthin, verkehre nicht mit diesem Menschen, folge dem Pfad, iss das nicht, sprich diese Worte in der Gegenwart deiner Frau jetzt nicht aus – .‹

Wie oft hatte er von seiner Frau, seinen Freunden oder Nachbarn gehört: ›Das ist aber seltsam, verrückt, unerklärlich, komisch.‹ Es existieren Wirklichkeiten, die wir mit unserem Verstand nicht ergründen, verstehen können. Doch wenn wir es mit unserem Gefühl zu verstehen versuchen, gelingt es häufig. Fernando dachte gerne über solche Dinge nach, wenn er allein mit sich und der Welt war. Ein weiterer Beweis für eine göttliche, universelle Intelligenz war sein Großneffe Philippe. Wie und warum und woher wohl, hat ein Sechsjähriger die Gabe, Menschen von Krankheiten zu heilen, bei denen ein ausgebildeter Facharzt nicht weiter weiß?

Fernando kam gut voran. In seinem Wagen konnte er schlafen und die Pistolen gaben ihm Sicherheit vor dem Gesindel, das sich bis zum jetzigen Zeitpunkt nicht hatte blicken lassen. Vielleicht ahnten sie etwas von seinem bewaffneten Schutz. Er erinnerte sich mit Schrecken an die Stelle im Wald, an der er überfallen wurde. Und er erinnerte sich mit Freuden an Orte, an denen ihm geholfen wurde und wo ihm Erfreuliches widerfahren war. So wurde seine Rückfahrt von ständigen Erinnerungen begleitet.

Nun erkannte Fernando an den Wegen und der Umgebung, dass es nicht mehr weit bis Finisterre sein konnte. Er überquerte Flüsse und fuhr durch Orte, die ihm wohl bekannt waren. Seine Freude wuchs von Stunde zu Stunde. Es konnte nicht mehr lange dauern, bis er bei Dolores war. Zwei Tage später stand er vor seinem Haus. Dolores hatte die Geräusche von Pferd und Wagen vernommen, als sie gerade dabei war, Gemüse zu waschen. Sie schaute aus dem Fenster, erblickte ihren Fernando und lief aus dem Haus. Schmerzlich hatte sie ihn vermisst. Sie lagen sich in den Armen und weinten Tränen der Freude. Fernando nahm sein Tuch und trocknete, lachend und weinend zugleich, die Tränen seiner Frau.

›Du warst lange weg‹, sagte Dolores. ›Ich habe mir Sorgen gemacht. Gezweifelt, ob ich dich je wiedersehen werde.‹

›Ja, es war eine lange Reise. Ich habe dich vermisst. Und bin glücklich, wieder bei dir zu sein.‹

›Scheinst zu Reichtum gekommen zu sein.‹

Sie zeigte auf Pferd und Wagen.

›Das ist von Philippes Vater Ángel. Er ist vermögend und hat mir auch Pistolen und Geld mit auf den Weg gegeben.‹

›Komm rein, dass Essen ist gleich fertig. Es gibt Kartoffeln, Gemüse und Fisch.‹

›Ach was‹, meinte Fernando, ›seit ich denken kann, gibt es Kartoffeln, Gemüse und Fisch.‹ Und musste herzhaft lachen.

›Du mit deinen Kommentaren. Na erzähl schon, was du alles erlebt hast.‹

Fernando erzählte ihr alles – fast alles – schließlich musste sie über manches nicht Bescheid wissen. Dass er ausgeraubt wurde, musste sie nicht erfahren. Nun, Fernandos und Dolores' Leben verliefen von da an wieder in gewohnten Bahnen. Bei gutem Wetter fuhr Fernando mit seinem Boot aufs Meer, machte meistens einen einträglichen Fang und arbeitete im großen Garten. Sie hatten alles, was sie zum Glücklichsein brauchten. Fernandos Großvater hatte vor vielen Jahren Orangen-, Zitronen- und Apfelbäume gepflanzt. Fernando liebte die Orangenmarmelade, die Dolores jedes Jahr zubereitete. Es war die beste in ganz Finisterre, darüber waren sich sogar die Nachbarn einig. Hin und wieder kamen ihre Kinder zu Besuch und Fernando erfreute sich jeden Tag seines schmerzfreien Rückens.«

»Alfredo, ich freue mich, dass Fernando wieder bei seiner Frau ist.«

»Ja, darüber freue ich mich auch. Sie war sich nicht sicher, ob er überhaupt wieder nach Hause kommt.«

»Ich weiß«, sagte Juan, als Alfredo ihn ansah. »Zeit, nach Hause zu gehen.«

»Morgen, wenn die Sonne zwischen den beiden Eichen steht?«

»Morgen, wenn die Sonne in der Mitte zwischen den beiden Eichen steht. Guten Heimweg.«

»Ciao, Alfredo.«

Juan rieb seinen Stein, während er fröhlich über den Weg hüpfte. Er fühlte sich als etwas Besonderes, weil Alfredo nur ihm die Geschichte erzählte. Und nun brauchte er auch keinen Ärger mehr zu Hause und in der Schule zu befürchten, was ihn doch erheblich belastet hatte. Juan dachte über seine Zukunft nach, für die Philippe und Fernando von enormer Wichtigkeit waren, wie er glaubte. Tief in seinem

Inneren fühlte er, dass es eine Verbindung zwischen ihnen gab.

Juan wollte, seit er denken konnte, Seefahrer werden. Über die Meere fahren, fremde Welten entdecken. Wenn seine Lehrerin von Afrika, Asien oder gar Australien erzählte, spitzte er jedes Mal die Ohren. Chinesen waren für ihn Menschen von einem anderen Stern. Ihre Gesichter und Augen waren so anders, einfach faszinierend und fantastisch. Afrikaner, mit ihrer wundervollen dunkelbraunen Hautfarbe, fand er besonders schön. Indianer, die in Amerika lebten, hatten es ihm ebenfalls angetan. All das wollte er in seinem Leben erkunden. Dorthin reisen und sich mit den Menschen austauschen. Er wusste von seiner Lehrerin, dass sie andere Sprachen hatten. Doch das sollte für ihn kein Hindernis sein. Irgendwie würden sie sich schon verständigen können.

Juan saß am nächsten Tag mit seinem Zeichenblock auf der Bank und malte eine der Eichen. *Einen Zentimeter noch, dann kommt er.* Er schaute nun öfters nach links. Als der Geschichtenerzähler erschien, lief er ihm entgegen.

»Alfredo! Alfredo!«

»Na, mal langsam, Juan. Ein alter Mann kann nicht mehr so schnell gehen.«

Sie setzten sich.

»Fernando ist zu Hause angekommen«, erinnerte sich Juan.

»Genau, er ist wieder bei seiner Dolores.«

»Also – es ging ihnen gut. Natürlich war Fernando oft mit seinen Gedanken bei Philippe. Insgeheim hegte er den Wunsch, ihn, bevor sein Leben zu Ende gehen würde, noch einmal zu sehen. Doch wann und wie? Er wollte seine Dolores nicht noch einmal so lange alleine lassen. Vorerst beließ er es bei dem Wunsch. Es würde sich eine Lösung ergeben, wenn die Zeit reif war. Fernando glaubte ganz fest daran, dass die Zeit eine wichtige Rolle spielt. Wenn die Zeit für ein Unternehmen, für welches auch immer, nicht reif war, sollte man die Finger davon lassen. Er selbst hatte einige Erfahrungen in seinem Leben gemacht, die ihn belehrt hatten. Als junger Mann wollte und wollte er, und möglichst alles sofort. Doch je intensiver er etwas begehrte, desto mehr verpasste er genau das, was er sich so sehnlichst wünschte. Und je mehr er suchte, umso weiter entfernte er sich von dem Gesuchten. Bis ihm irgendwann einleuchtete, dass Geduld und Vertrauen erfolgversprechender waren, als alles sofort haben zu wollen.

Sein Vater hatte nicht aufgehört ihm zu predigen, dass die kleinen Schritte von äußerster Wichtigkeit seien, um Großes vollbringen zu können. Am Beispiel eines Bootes hatte er es ihm gezeigt. Ein Boot kann man nicht an einem Tag bauen. Doch wenn man geduldig Stück für Stück zusammenfügt, wird es zu einem Ganzen. An einem sonnigen Tag befanden sie sich auf einer Wanderung. Ihr Ziel war ein nahe gelegener Berg. Sein Vater versicherte ihm, dass er auf diesen Berg gelangen könne. Doch nicht mit einem Satz, nicht mit einem Schritt. Wenn er jedoch geduldig einen Schritt, und das muss noch nicht einmal ein großer sein, vor den anderen setze, würde er den Gipfel erreichen. Und so geschah es. Sie brauchten annähernd drei Stunden, dann wunderte sich Fernando von Stolz erfüllt über seine Leistung und den atemberaubenden Ausblick über das Meer und das ferne Gebirge, das er zuvor nie gesehen hatte.

Ich sehe es deinen Augen an, dass du wissen möchtest, wie es Philippe und seiner Familie in der Zwischenzeit ergangen ist.«

»Ja, ich möchte so gerne wissen, wie es Philippe geht«, antwortete Juan mit leuchtenden Augen.

»Philippe war traurig nach dem Abschied von Fernando. Rosa und Ángel suchten eine Lösung, damit nicht tagtäglich ihr Haus von vielen Leuten belagert wurde. In eine andere Gegend zu ziehen, kam für Rosa nicht infrage, weil es schließlich ihr aller Zuhause war. Nach langen Überlegungen fand Ángel eine Möglichkeit. Sie wandten sich an die Öffentlichkeit und teilten den Menschen mit, dass Philippe an jedem dritten Tage für sieben Menschen zur Verfügung stehen werde. Aber nur an diesen Tagen. Das führte dazu, dass sich an den besagten Tagen noch mehr Menschen einfanden, denen allerdings schnell klar wurde, dass wirklich nur sieben zu Philippe Einlass fanden. An den anderen Tagen stand vereinzelt jemand vor dem Tor. Nach Wochen niemand mehr. Mit dieser Regelung konnten alle in der Familie gut leben.

Einige Kirchenführer, denen es nicht in den Kram passte, dass Menschen behaupteten, andere lediglich durch gedankliche Vorstellung, Handauflegen oder mit ihrem Geist heilen zu können, wurden zu einem ernsthaften Problem. Da Ángel großes Vertrauen zu Miguel, seinen ärztlichen und menschlichen Fähigkeiten hatte, ersuchte er ihn um Rat. Miguel war der Meinung, Philippes Heilkräfte auf alle Fälle weiterhin zu nutzen, ja nutzen zu müssen, weil sie etwas Einzigartiges waren, jedoch wollte er die Heilungen in seiner Praxis so geheim wie möglich halten. Von den Heilungen in Ángels Haus wussten schließlich viele schon.

Rosa hatte die glorreiche Idee, die Erkrankten überhaupt nicht wissen zu lassen, wer sie heile. Das Ganze sollte folgendermaßen ablaufen. Philippe gelangte durch einen Seiteneingang in Miguels Praxis, sodass niemand etwas davon erfuhr. Die Erkrankten wurden bei Miguel in ein Zimmer geführt. Hinter einem Vorhang sollte Philippe sitzen, der durch einen kleinen Spalt den Patienten sehen konnte. Philippe war mit allem einverstanden. Zuallererst stand ein Test an. Eine junge Frau in den Dreißigern litt seit Jahren unter starken Magenschmerzen. Kein Arzt hatte ihr helfen können. Sie wurde von einer

Krankenschwester in das besagte Zimmer geführt. Es war ein heller, freundlicher Raum. Sie setzte sich, hatte seltsame Empfindungen. Philippe schaute sie konzentriert an und stellte sie sich vollkommen heil und gesund vor. Fünfzehn Minuten waren vorgesehen. Die reichten normalerweise.

Anschließend erschien Miguel, sprach mit der Frau, drückte leicht auf ihren Bauch, tastete die Lymphknoten ab, gab ihr Pillen, die lediglich aus Zucker bestanden, ermunterte sie, gleich zwei einzunehmen, und erklärte, dass weitere Untersuchungen vonnöten wären, um herauszufinden, was die Ursache ihrer Schmerzen sei. Die Frau ging nach Hause und stellte fest, dass es ihr wesentlich besser ging. Sie nahm regelmäßig die Placebos ein und erfreute sich eines schmerzlosen Lebens. Hin und wieder ging sie zu Miguel, um neue Pillen zu erhalten. Natürlich sprach es sich schnell herum, dass Miguel vielen Menschen hatte erfolgreich helfen können. Er wurde reich und angesehen.

Rosa hatte eine weitere glänzende Idee. Jeden, aber auch jeden, dem Philippe begegnete, sollte er sich gesund und heil vorstellen. Selbstverständlich empfand Philippes Familie große Freude, solch einen Gesegneten unter sich zu haben. Seine Geschwister waren manchmal eifersüchtig auf ihren Bruder. Doch ist es durchaus normal, dass, wenn irgendjemand etwas besser kann als andere oder erfolgreicher ist, sich manch einer benachteiligt fühlt.«

»So einen Bruder hätte ich auch gerne«, unterbrach Juan.

»Ja, den hätte wohl jeder gerne«, schmunzelte Alfredo.

»Also«, fuhr der Geschichtenerzähler fort.

»Für Philippes Geschwister war das alles nicht so einfach. Wer hat schon einen Bruder, der Menschen heilen kann? Es war auch nicht einfach für Philippe, Freundschaften zu schließen. Er war seinen Altersgenossen um Jahre voraus. Philippe wusste viel, ohne Bücher zu lesen, ohne mit einem Gelehrten oder seinen Eltern zu reden. Vieles, das er besser als andere wusste, gab er nicht preis, weil er die Reaktionen kannte. ›Dass du immer alles besser weißt, Besserwisser, Verbesserer, lass uns in Ruhe mit deinen Weisheiten‹, musste er sich oft von seinen Geschwistern und Freunden anhören.

Ángel und Rosa versuchten ihren Philippe so normal wie möglich zu behandeln. Er war ein lieber Kerl, pflegeleicht, stritt mit niemandem, weshalb auch, erledigte, was ihm aufgetragen wurde, und verlebte glücklich jeden Tag seines Lebens.«

»Alfredo, ich würde auch gerne andere Menschen heilen.«

»Das kannst du machen. Weißt du, was die meisten überhaupt nicht wissen? Jeder Mensch kann heilen. Du hast doch sicher schon einmal beobachtet, dass sich dein Bruder, deine Mutter oder einer deiner

Klassenkameraden die Hand auf die Wange oder auf den Bauch gehalten hat, wenn er oder sie Schmerzen verspürte?«

»Ja, habe ich. Hab's selber auch gemacht.«

»Hast du denn auch festgestellt, dass die Schmerzen nachgelassen haben?«

Juan dachte nach. »Ja, doch, stimmt. War mir nur nie so klar.«

»Wenn du Schmerzen hast, was ich dir nicht wünsche, lege deine Hand auf die Stelle. Doch vergiss auf keinen Fall, auch zum Arzt zu gehen. Denn Ärzte sind gut ausgebildete Fachkräfte, die dich wieder heil machen können. Und, was immer auch sein mag, du hast den Stein. Frage ihn, wenn etwas unklar sein sollte.«

»Ich habe ihn schon befragt. Du, Alfredo, seit ich den Stein von dir bekommen habe, erhalte ich nur noch Lob von meiner Mutter und der Lehrerin. Sie haben gesagt, dass ich mich gut konzentriere. Meine Noten sind auch besser geworden. Gestern hatte ich eine Zwei in Mathematik.«

»Das freut mich, Juan. Du wirst deinen Weg im Leben machen. Wichtig für dein Lebensglück ist Vertrauen. Habe stets Vertrauen in das, was du tust, und glaube ganz fest daran, dass es dir gelingt. Auch wenn Zweifel auftauchen, glaube an deinen guten Weg. Liebe dein Leben, liebe deinen Weg, liebe deine Mitmenschen und dich selbst. Wenn du auf dein Herz, dein Gefühl hörst, dann bist du in der Lage deinem persönlichen Lebensweg zu folgen. Und dann wirst du im Einklang mit dir und dem gesamten Universum leben. Du bist sehr intelligent, wende diese Intelligenz mit Bewusstheit an. Und lasse dich nicht durch dumme Menschen, die Ängste in sich tragen, beeinflussen. Es gibt genügend Unwissende, die nichts mit sich und ihrem Leben anfangen können. Das sind traurige Gestalten, die Hilfe benötigen, um wieder auf den richtigen Weg zu gelangen. Es ist heutzutage leider so, dass die meisten Kinder zu Hause und in der Schule das Wichtigste für ihr Leben nicht lernen. Sie lernen nicht ein Bewusstsein zu entwickeln, wie sie mit sich, ihrer Umwelt, den Menschen und der Natur in Liebe und Einklang leben können.«

»Alfredo, was ist das genau mit dem Bewusstsein?«

»Ich erkläre es dir. Wenn jemand irgendetwas macht oder ausspricht, ist ihm nicht immer bewusst, warum und weshalb er so handelt oder Worte wählt, die nicht angemessen sind. Deshalb verletzt ein Mensch seine Mitmenschen, ohne dass es ihm bewusst ist. Ein jeder kann lernen liebevoll mit sich und anderen umzugehen. Das kommt letztendlich allen zugute. Wenn wir uns das Wort Bewusstsein getrennt vorstellen – *bewusst sein* – dann erhalten wir eine andere Sichtweise. Es bedeutet auch, dass wir uns stets unserer Gedanken und dessen, was wir glauben, bewusst sein können. Das ist äußerst wichtig, weil es unseren Lebensweg bestimmt und die ganze Welt beeinflusst und verändert.«

»Das verstehe ich. Und was ist Vertrauen, Alfredo?«

»In dem Wort verbirgt sich *trauen*. Sich etwas trauen bedeutet, dass man keine Angst hat, dass es misslingen könnte. Angst ist das Gegenteil von Vertrauen. Jemand, der Angst hat, traut sich oft nichts zu. Vertrauen bedeutet auch, sich Fehler einzugestehen. Denn durch Fehler lernen wir. Wenn wir etwas, was auch immer, die ersten Male nicht richtig ausführen, so können wir es beim siebten, achten oder neunten Versuch besser. Verstehst du, was ich damit meine?«

»Ja, verstehe ich.«

»Doch wenn jemand kein Vertrauen hat, wird er niemals den ersten Versuch wagen. Ein einfaches Beispiel: Fahrrad fahren. Wenn ein Kind Angst hat, vom Fahrrad zu fallen, wird es sich niemals auf ein Fahrrad setzen. Aber um Fahrrad fahren zu lernen, lässt es sich nicht immer vermeiden, schon mal im Graben zu enden. Es gibt natürlich Kinder, die es gleich beim ersten Mal können.«

»Kapiere ich. Bin auch hingefallen, als ich Fahrrad fahren gelernt habe. Doch mein Papa hat mich immer wieder aufs Fahrrad gesetzt. So hab ich's gelernt.«

Alfredo war nicht nur ein guter Geschichtenerzähler, sondern ein weiser Mann. Der nun zum Himmel sah. Juan wusste, was das bedeutete.

»Guten Heimweg, Juan.«

»Bis morgen.«

Juan machte sich viele Gedanken über Alfredos
Worte. *Vertrauen, Trauen, Bewusstsein, Liebe, Fehler machen – .* Er begann sie aufzuschreiben, zu malen,
hängte Blätter mit den Worten neben seinem Bett an
die Wand und dachte über ihre Bedeutung nach. Sein
Lieblingswort war *Vertrauen.* Ganz besonders
mochte er *trauen* darin. Er war ein Kind, das sich immer schon etwas zugetraut hatte. Den höchsten
Baum hatte er schon erklommen. Über den Rio Sol-
ené war er auch schon gesprungen. Gut, allzu breit
war der nicht, doch nicht jeder hatte den Sprung mit
trockenen Füßen überstanden und manch einer seiner Klassenkameraden hatte sich gar nicht erst ge-
traut zu springen. Nicolas, musste Juan anerkennen,
hatte es nach mehreren Versuchen auch geschafft.
Er hatte es ihm hoch angerechnet, dass er beim ersten Fehlversuch nicht gleich aufgegeben hatte. So
ganz ein schlechter Kerl war er ja doch nicht. Gerne
trennte er das Wort *Bewusst sein.* Es half ihm, *bewusst*
das Leben wahrzunehmen. Nicht mit seinen Gedanken in der Vergangenheit herumzuhängen und auch
nicht in der Zukunft. Sondern sich wirklich *bewusst
zu sein, was* im Moment geschah, *was* er machte,
dachte, glaubte und auch aussprach. Es wurde ihm
auch mehr und mehr bewusst, wie wichtig diese
Dinge für jeden waren. Es war so einfach. Na ja,
wenn man es wusste. Auch er hatte es nicht gewusst,

bevor Alfredo es ihm erklärte. Demnach braucht jeder einen, der es einem erklärt, fand Juan nach längerem Nachdenken heraus.

In der Schule passte Juan jetzt noch besser auf. Denn das Leben interessierte ihn immer mehr, seit Alfredo ihm die Geschichte erzählte. Juan faszinierte die Tierwelt, insbesondere die Unterwasserwelt. Es gab so viele Fischarten, dass kein einziger Mensch wusste, wie viele es waren. Sein Wunsch, ans Meer zu gelangen, wurde stärker. Er stellte sich die Weite vor, die Unendlichkeit. Seine Lehrerin hatte mithilfe des Globus oft deutlich gemacht, wie viel Meer und, im Gegensatz dazu, wie wenig Land es auf der Erde gab. Das Meer war viel, viel größer als jedes Land. Sogar größer als Spanien. Das beeindruckte ihn am meisten, weil er immer geglaubt hatte, dass Spanien unendlich groß sei. Na ja, jeder kann sich mal täuschen, hatte er sich getröstet. Juan liebte sein Heimatland, er war nur nicht damit einverstanden, nicht am Meer zu leben. Wenn ich groß bin, gehe ich ans Meer, hörte er nicht auf, jedem ins Ohr zu flüstern. Das war sein fester Vorsatz. Und noch etwas hatte er fest beschlossen. Nämlich dort am Meer zu leben, wo die Sonne am häufigsten scheint und wo es warm ist. Denn er mochte den Winter nicht.

Juan befand sich auf dem Weg zum Park und rieb seinen Stein. Er setzte sich früh auf die Bank, weil er eine kurze Geschichte über die Bäume schreiben wollte. Besonders beeindruckte ihn die riesige Eiche. Mindestens siebenhundert Jahre alt, war sich Alfredo sicher. Juan dachte nach – siebenhundert Jahre, viel älter als sein Vater, ja als sein Großvater. Siebenhundert Jahre kamen Juan wie eine Ewigkeit vor. Ja, gab es überhaupt so viele Jahre? Da war er sich nicht so sicher. Die Erwachsenen wussten zwar viel, doch ob sie auch in allem Recht hatten, schien ihm zweifelhaft. Alfredo vertraute er, der wusste mehr als alle anderen. Bisher wusste er noch auf jede Frage eine Antwort. Und die stimmte, ganz sicher. Menschen wie Alfredo lügen nicht, die sagen immer die Wahrheit.

So schrieb Juan über die Geburt der alten Eiche – aus einem kleinen Samenkorn ist sie gewachsen. Aus einem Samenkorn, kleiner als eine Erbse. Unglaublich, dachte er. Unglaublich, dass aus so einem kleinen Ding ein riesiger Baum entsteht, dem kein Sturm etwas anhaben kann. Juan schrieb über das Wachsen der Eiche. Über ihre Kindheitstage, als sie die ersten zartgrünen Blätter entfaltete, die von der Frühlingssonne in ein freundliches Licht getaucht wurden. Er beschrieb die ersten Stürme, die das kleine Bäumchen aushalten musste. Was natürlich nicht einfach war. Juan beeindruckte die Biegsamkeit der kleinen Eiche. Denn sie bog sich mit dem Wind. Wenn sie starr und störrig wäre, würde sie wahrscheinlich beim ersten kleinen Windstoß umknicken. Juan fand viel Freude am Schreiben. Er war so in die Geschichte vertieft, dass er seinen Freund nicht bemerkte.

»Hallo Juan, ich habe mich schon gewundert, dass du mir nicht entgegengekommen bist.«

»Ich war gerade dabei, eine Geschichte zu schreiben, hab die Zeit vergessen.«

»Du hast die Zeit vergessen?« Alfredo musste lachen. »Wovon handelt denn deine Geschichte?«

»Von der alten Eiche, von der du gesagt hast, dass sie siebenhundert Jahre alt sei.«

»Mindestens siebenhundert Jahre habe ich gesagt, sie kann durchaus noch einige Jährchen älter sein. So genau weiß das niemand. Weil ja schließlich kein Mensch so alt wird.«

»Alfredo, du weißt doch so viel.«

»Na, so viel weiß ich auch wieder nicht.«

»Doch, du weißt viel. Weißt du, wie alt der älteste Fisch ist?«

»Siehst du Juan, genau das, weiß ich nicht. Ich weiß, dass Walfische sehr alt werden können. Es gibt bestimmt Fische in den Weltmeeren, die noch kein menschliches Auge je gesehen hat. Schildkröten können sehr alt werden. Manche über zweihundert Jahre.«

»Das ist noch immer nicht älter als die Eiche.«

»Stimmt, sollen wir nun mit der Geschichte fortfahren?«

»Ja, gut.«

»Wo waren wir stehen geblieben?«

»Philippes Freunde nannten ihn einen Besserwisser, er war aber trotzdem ein lieber Kerl.«

»Ja, genau. Also – Philippe war nun zehn Jahre alt. Täglich musste er an Fernando denken, den er schmerzlich vermisste und seit nunmehr vier Jahren nicht gesehen hatte. Oft fragte er seine Eltern, ob er Fernando besuchen dürfe oder dieser ein weiteres Mal zu ihnen komme. Seine Eltern konnten ihm keine befriedigende Antwort darauf geben. Für Philippe stand fest, dass er nach Finisterre zu Fernando aufbrechen würde, sobald er erwachsen war.

Philippes Familie erfuhr erst spät von Dolores' Tod. Sie war friedlich im Alter von 78 Jahren, in Fernandos Armen, von dieser Welt gegangen. Von diesem Tage an lebte Fernando alleine. Er wusste, dass der Tod nicht das Ende bedeutete und dass er seine Dolores eines Tages wiedersehen würde. Deshalb dachte er, trotz seiner Trauer, mit Glückseligkeit an seine Frau. Und war dem lieben Gott dankbar, dass er eine wundervolle Frau an seiner Seite hat leben lassen. Fernando fühlte Dolores nach ihrem Tod manchmal. Sein Großvater hatte ihm erzählt, dass verstorbene Angehörige uns zuweilen in unserem Leben behilflich seien. Dies würde durch Zeichen, Träume oder Gefühlsregungen geschehen.«

Alfredo bemerkte, dass Juan schluchzte, und nahm ihn in den Arm.
»Du bist traurig. Jeder muss mal sterben, Juan. Fernando wusste, dass der Tod nicht das Ende ist. Wir leben ewig, nur der Körper vergeht.«

»Aber es ist trotzdem traurig«, weinte Juan.

Alfredo reichte ihm ein Taschentuch. Juan nahm es und putzte sich die Nase.

»Fernando fuhr weiterhin aufs Meer hinaus, doch fing er nur noch wenige Fische. Was brauchte er auch für sich selbst? Einige Fische gab er seinen Nachbarn, die schon die achtzig überschritten hatten. Die freuten sich, wenn ihr Freund Fernando mit frischem Fisch in ihr Haus kam. Dann tranken sie ein Gläschen Wein und plauderten über das Leben, die Vergangenheit und das Wetter, das eine wichtige Rolle bei den Fischern spielte. Im Winter konnten sie bei heftigem Sturm nicht hinausfahren. Es war lebensgefährlich. Junge, ungestüme Burschen, die sich trotz aller Warnungen aufs Meer wagten, mussten ihren Übermut leider manchmal mit ihrem Leben bezahlen.

Philippe sprach seit Monaten von nichts anderem, als Fernando sehen zu wollen. Jahre waren ins Land gegangen. Er war mittlerweile sechzehn, hatte zwar schon die Reife eines Erwachsenen, doch war es nicht einfach für seine Eltern, ihn gehen zu lassen. Letztendlich überwog das Vertrauen in ihren Sohn. Sein Vater gab ihm zwei seiner besten Pferde und einen Wagen.

Irgendwie schien Fernando während der Reise stets bei ihm zu sein. Mit zwei Pferden kam Philippe schnell voran. Vor Dieben brauchte er sich nicht zu fürchten, weil er Situationen voraussehen konnte. Es war ein reiches, fruchtbares Land, das er durchquerte. Die grünen Wälder und der Gesang der vielfarbigen Vögel berauschten ihn. Philippe liebte die stille Weite und das Reisen. Nur wenige Menschen begegneten ihm. Er mied größere Ortschaften, weil er den Trubel nicht mochte. Die Natur war ihm lieb. Dort fand er Frieden und Glück. Menschen versuchten mehr und mehr die Herrschaft über die Natur zu übernehmen. Philippe war damit nicht einverstanden. ›Wenn wir respektvoll mit der Natur umgehen, dann geht die Natur auch respektvoll mit uns um‹, klangen die Worte Fernandos in seinem Ohr. Ein kleiner bunter Vogel, der sich kurzzeitig auf den Wagen setzte und ihn ein Stück begleitete, schien dies mit laut anhaltendem Geträller zu bestätigen.«

Juan war müde, gähnte ununterbrochen.

»Hast du nicht gut geschlafen in der letzten Nacht?«, fragte Alfredo.

»Ich weiß nicht, kann sein.«

»Ich glaube, dass es auch Zeit ist, nach Hause zu gehen.«

»Jetzt schon? Es ist noch früh.«

»Morgen geht's weiter, mein Freund.«

»Also gut, dann bis morgen, Alfredo.«

»Bis morgen. Guten Heimweg.«

»Dir auch.«

Als Juan sich in der Stadt befand, fiel ihm ein, dass er überhaupt nicht wusste, wo Alfredo wohnte. Nie hatte er darüber ein Wort verloren. Auch hatte er ihn nie danach gefragt. Das, was er über Alfredo wusste, war, dass er täglich, wenn die Sonne zwischen den Eichen stand, am Ende des Weges auftauchte. Doch woher er kam und wo er wohnte, wusste er nicht. Am morgigen Tage wollte er ihn fragen.

Seine Mutter wunderte sich über das frühe Erscheinen ihres Sohnes.

»Du bist früh heute. Ist alles in Ordnung?«

»Ja, Mami, alles in Ordnung. Ich bin nur ein wenig müde.«

Juan ging ins Bad, seine Gedanken waren bei Alfredo. Er liebte ihn wie seine Eltern und seine Geschwister. Irgendwie hatte er das Gefühl, dass er zur Familie gehören würde oder könnte. Seltsam, dachte er. Die bis zum Essen verbleibende Zeit nutzte er auf seinem Zimmer für Eintragungen in sein Tagebuch. Während des Schreibens legte er immer seinen blauen Stein neben das Heft. Rituale waren für ihn bedeutungsvoll.

Juans neunter Geburtstag stand bevor. Es war ein ganz besonderer Tag und der sollte gebührend mit einer Party gefeiert werden. Seine Mutter und Monica waren seit Tagen damit beschäftigt, Einladungen zu schreiben sowie Tisch- und Wanddekorationen anzufertigen. Zwanzig Personen, mehr nicht, hatte seine Mutter gesagt. Juan war aufgeregt und überlegte, wen er einladen solle. Da er mit Nicolas

Frieden schließen wollte, wie Alfredo ihm nahegelegt hatte, lud er ihn und Hector auch ein. Julia aus seiner Klasse erhielt ebenfalls eine Einladung. Er mochte Julia, seit sie ihn zum ersten Mal auf dem Schulhof versehentlich angerempelt hatte. Julia grinste immer schelmisch. Die kleine Stupsnase und ihre blonden Zöpfe gefielen ihm besonders. Wenn er Julia einlud, dann musste er auch ihre beste Freundin Sara einladen. Die war ihm zwar zu laut, aber ansonsten ganz nett. Letztendlich lud er außer den Vieren noch drei weitere Kinder aus seiner Klasse ein, die er gerne mochte.

Es wurde ein schöner Geburtstag. Julia gab ihm sogar einen Kuss auf den Mund, der ihn fast umgehauen hätte. Er hoffte, dass niemand seinen roten Kopf bemerkt hatte. Als er nach der Party im Bett lag, musste er oft an Julia denken. Vermisst hatte er an seinem Geburtstag nur einen. Und das war Alfredo, der seiner Einladung nicht hatte folgen können, wie er ihm zu erklären versucht hatte. Er verstand zwar nicht den Grund, musste es aber akzeptieren.

Juans Lehrerin mochte die Begeisterung, mit der er lernte. Die Freude war ihm anzusehen. Sie bemerkte nicht, dass seine Entwicklung auch ihr Verdienst war. Nicht nur Juan lernte gut. Auch den anderen Kindern machte der Unterricht viel Freude. Juans Enthusiasmus übertrug sich auf seine Mitschüler. Manch einer fragte ihn in der Pause oder nach dem Unterricht, was er selbst nicht verstanden hatte.

Seine Lehrerin wunderte sich über eine Art von Intelligenz, die ihr erst bei Juan aufgefallen war. Sie bezeichnete sie als *spirituelle Intelligenz*. In Gegenwart eines Kollegen, dem sie vertraute, hatte sie das Thema schon einige Male angesprochen. Er war offen für solche Dinge. Sie waren sich einig, dass es sich um eine angeborene Intelligenz handeln müsse, und bezeichneten sie auch als göttliche oder universelle Intelligenz, die jedem menschlichen Wesen, das auf die Welt kommt, eigen ist.

Mit dieser neuen Erkenntnis sahen sie die Kinder in einem völlig anderen Licht. Ja, sie stellten weitere erstaunliche Dinge fest. Ausnahmslos alle Kinder waren intelligent. Es gab Unterschiede. Diejenigen, die diese spirituelle Intelligenz nicht zuließen, nicht realisierten, schienen Blockaden oder Ängste in sich zu haben. Auch darüber tauschten sie sich aus. Sie ermunterten und unterstützten die Kinder mehr, die zuvor für dumm gehalten und von den meisten vernachlässigt wurden. Sie fanden heraus, dass sie überhaupt nicht dumm waren. Ein jeder hatte seine Stärken und Schwächen, wenn man überhaupt von Schwächen reden konnte. Es war ganz normal, dass ein Kind gut rechnen, ein anderes gut schreiben und ein jenes gut malen, singen oder was auch immer auszurichten im Stande war. Auffallend war, dass es kein Kind gab, das nichts gut konnte.

Natürlich spürten die Kinder das Verständnis der Lehrer im Unterricht. Juans Lehrerin war der Meinung, dass es äußerst wichtig sei, die Kinder mit

Respekt und Liebe zu behandeln. So, als wenn es ihre eigenen Kinder wären. Nun entdeckte, wie es anders nicht hätte sein können, der Rektor der Schule bei den Zeugnisdurchsichten, dass die Klasse von Juans Lehrerin und die ihres Kollegen auffallend besser abschnitten als alle anderen. Er unterließ es jedoch, mit den Lehrkräften der anderen Klassen darüber zu reden. Doch wollte er es nicht versäumen, Juans Lehrerin und ihren Kollegen zu loben. Am letzten Schultag, nach der Zeugnisausgabe, machte er ihnen ein großes Kompliment und fragte, ob sie Erklärungen dafür hätten. Sie erzählten ihm von ihren Erkenntnissen, von spiritueller Intelligenz und davon, dass es keine dummen Kinder gebe. Und dass sie die Kinder mit Respekt und Liebe behandelten. Der Rektor nahm sich vor, die neuen Erkenntnisse den anderen Lehrkräften mitzuteilen und sie zu bitten, diese im Unterricht umzusetzen.

Juans Ferien begannen. Einerseits war er glücklich länger schlafen zu können, andererseits vermisste er den Unterricht. Seine freie Zeit verbrachte er vormittags mit Nicolas und Hector im Wald oder auf dem Bauernhof, und nach Mittag freute er sich auf Alfredo. Nicolas gab nicht auf, ihn zu fragen, ob nicht auch er und Hector die Geschichte mitverfolgen dürften. Es ginge nicht, hatte Juan jedes Mal geantwortet. Sie seien schließlich mittendrin und die beiden würden den Anfang doch gar nicht kennen.

Juan liebte den Sommer über alles. Warum der liebe Gott den Winter erfunden hatte, konnte er nicht verstehen. Doch irgendeinen Grund werde er gehabt haben. Im Sommer war alles so leicht. Es gab mehr Vögel, die sangen und Schmetterlinge, die Juan so sehr liebte. Und die grünen Bäume, die vielen Blumen. Außerdem fühlte sich die Sonne auf der Haut so wohltuend an. Juan verglich die wärmenden Sonnenstrahlen mit einem Bad in der Wanne.

Alfredo hatte ihm erklärt, dass sie sich von nun an nicht mehr nach dem Sonnenstand verabreden könnten, weil es früher dunkel wurde. Sie hatten sich auf vier Uhr am Nachmittag geeinigt. Eine halbe Stunde vorher saß Juan auf der Bank. Die Bäume spendeten ihm Schatten. Es war ein heißer Tag. Um vier erschien Alfredo. Juan lief ihm nicht mehr entgegen, weil sich um diese Jahreszeit mehr Menschen im Park aufhielten und ihre Bank durchaus von anderen genutzt werden konnte. Wenn jemand fragte, ob er sich zu ihm setzen dürfe, verneinte er und erklärte dem Fragenden, dass sein Onkel in Kürze erscheinen werde.

Wegen seiner Geburtstagsparty hatten sie sich einen Tag nicht gesehen.

»Wie war dein Geburtstag, Juan?«, fragte ihn Alfredo, als sie auf der Bank saßen.

»Es war eine wunderschöne Party. Meine Mutter und Monica haben unser Wohnzimmer mit Ballons und Mobiles geschmückt.«

Eine kurze Pause entstand.

»Alfredo, wo wohnst du eigentlich?«

»Ich wusste, dass du mir irgendwann diese Frage stellen würdest. Doch genau das kann und darf ich dir nicht sagen. Es gibt Geheimnisse im Leben, die sollen Geheimnisse bleiben. Ist das für dich in Ordnung?«

»Na klar. Ist ja nicht so wichtig, wo du wohnst. Schließlich weißt du auch nicht, wo ich wohne.«

Juan strahlte über das ganze Gesicht. Der eine Tag, an dem er Alfredo nicht gesehen hatte, kam ihm wie Wochen vor.

»Wo waren – «

»Philippe befand sich auf dem Weg zu Fernando«, fiel ihm Juan ins Wort.

»Ja, genau«, fuhr Alfredo fort.

»Philippe fühlte sich verbunden mit der Natur. Sie waren eins, die Natur und er. Er sah sich in dem Baum, im Vogel, im Himmel, in den Wolken, in dem Weg, ja in allem. Hin und wieder begegneten ihm Pilger. Manch einer fuhr ein Stück mit ihm. Die Pilger hatten viel zu erzählen. Einige waren schon Monate unterwegs. Philippe fühlte Respekt ihnen gegenüber. Wenn sie ein Wehwehchen hatten, warf Philippe einen Blick auf ihre Füße, Beine oder wo es sie sonst zwickte, jedoch ohne dass es demjenigen auffiel. Nachdem die Pilger bemerkten, dass ihre Schmerzen sich aufgelöst hatten, schauten sie Philippe mit großen Augen an.

Philippe stellte fest, dass der Pilgerweg unter zwei parallel verlaufenden wolkenartigen Sternnebeln verlief. Nachts faszinierten ihn die zahllosen Sterne am

Firmament. Er machte sich oft Gedanken darüber, wie viel Leben es im endlosen Universum gibt. Unzähliges Leben, da war er sich sicher. Wenn schon auf der verhältnismäßig kleinen Erde eine unvorstellbare Anzahl von Leben existierte, wie musste es dann wohl im gigantischen Weltall sein. Niemand weiß, wie groß das Universum ist, wo es anfängt, wo es hinführt und wo es endet. Hat es überhaupt ein Ende und einen Anfang?

Die Pilger erzählten ihm von Ländern, die Philippe nicht kannte. Er konnte nicht genug von ihren Geschichten erfahren. Seine Eltern hatten ihm zwar vieles über fremde Länder erzählt, doch war es etwas anderes, wenn die Menschen ihm aus ihrer Heimat berichteten. Seit den Begegnungen mit den Pilgern dachte Philippe über den Pilgerweg und den Sinn und Zweck einer Pilgerschaft nach. Die Welt, in der er lebte, sah er als einmaliges Wunder an. So etwas wie die Erde zu erfinden, zu gestalten, bedeutete, dass hinter alldem eine ungeheuerliche Intelligenz stecken musste. Wer hatte die *Idee* Erde? Woher stammt der *Samen* Erde. Vielleicht war es ein Samenkorn aus dem Weltall. So wie ein Baum ein Samenkorn der Erde übergibt, damit es zu einem kräftigen Baum heranwachsen kann, so hat sicher auch ein weit entfernter Planet ein Samenkorn Erde geboren und auf eine weite Reise geschickt, um es wachsen zu lassen, viele wundervolle Lebewesen, Pflanzen und Tiere hervorzubringen. Philippe glaubte fest daran, dass all das Großartige nicht zufällig entstanden war. Das konnte einfach nicht sein. Wenn er einen Menschen betrachtete, so kam er aus dem Staunen nicht heraus. Was allein ein Auge imstande war zu leisten. Eine Hand, die unglaublich viele Funktionen auszuüben in der Lage war. Füße, Beine, dann auch das Riechen, Schmecken, Fühlen, Denken – . Ja, speziell das Denken faszinierte ihn. Was ein Mensch alles denken konnte, war gleichsam unfassbar. Das Gehirn muss genauso grenzenlos wie das Universum beschaffen sein. Vielleicht *ist* ja das Gehirn so etwas wie ein Kosmos. Vielleicht existiert in unserem Körper ein eigenes Universum.«

»Das finde ich super!«, rief Juan.

»Was?«, fragte Alfredo.

»Na, das mit dem Universum. Immer wenn ich die Sterne am Himmel sehe, wundere ich mich und es kribbelt in meinem Bauch.«

»Ja, das ist alles fantastisch. Wenn ich bedenke, dass viele Milliarden Zellen in unserem Körper leben, sich vermehren, geboren werden, absterben, sich neue entwickeln und andersartige, kranke Zellen vernichten, dann staune ich immer wieder. Unsere Körper besitzen ein eigenes Abwehrsystem. Ein System, das Krankheiten heilen kann. Ich glaube, dass jeder Mensch in der Lage ist, sich selbst zu heilen oder zumindest zum eigenen Heilungsprozess entscheidend beizutragen, wenn ihm bewusst ist, dass sein Körper perfekt funktioniert. Er kann mit seinen Zellen, die in ihm leben und zu ihm gehören, kommunizieren. Wenn unser Gehirn Befehle an unsere Finger oder Beine leiten kann, damit sie sich bewegen, diese oder jene Funktion auszuführen haben, ja, dann wird das Gehirn unseren Zellen auch sagen können, dass sie gesund und stark sind, sich so und nicht anders entwickeln und verhalten sollen. Ich glaube auch, dass Menschen sich krank denken können. Wenn jemand fest daran glaubt, dass er krank wird, so könnte dies irgendwann eintreten. Wenn jedoch ein Mensch fest daran glaubt, dass er gesund ist oder wird, dann wird dies wohl so sein. Was wir nicht glauben, kann schließlich und letztendlich auch nicht entstehen und sich realisieren.

Ich finde es furchtbar, dass den Menschen unendlich viel Angst vor Krankheiten gemacht wird. Unbewusst geben sie Krankheit eine Macht, die sie nicht haben sollte. Sie entwickeln Ängste vor einem Feind, der nicht existieren muss. Und wovor die Menschen Angst haben, das ziehen sie unweigerlich an. Deshalb ist Vertrauen so wichtig, wie ich es dir schon gesagt habe. Und noch etwas, Juan. Menschen, die mit einem Gebrechen zur Welt kommen, sind weder schuldig noch sündig. So etwas gibt es überhaupt nicht. Krankheit hat absolut nichts mit Schuld zu tun.«

»Alfredo, kann man das Denken auch üben? Ich meine, wenn jemand krank oder unglücklich ist und dann irgendwann zu denken beginnt, dass er wieder gesund und glücklich wird, geht das?«

»Ja, das glaube ich. Es gibt äußere Einflüsse wie Krieg, Erdbeben oder Vulkanausbrüche, die nicht oder nur schwerlich von einem Einzelnen zu beeinflussen sind und Tod und Leid mit sich bringen. Einfache Beispiele zeigen, wie macht- und kraftvoll Gedanken sind oder sein können. Wenn sich jemand vorstellt und fest daran glaubt, dass etwas in sein Leben eintreten, oder es verändern soll, so wird dies geschehen. Bevor Fernando aufs Meer hinausfuhr, hat er sich immer vorgestellt, mit einem Boot voller Fische zurückzukehren. Seine Freunde wunderten sich über Fernandos Glück. Über seine Versuche es zu erklären, schmunzelten sie nur. In jungen Jahren hatte Fernando sich eine Frau wie Dolores gewünscht. Genauso eine hat ihm der liebe Gott gegeben. Es gab nur eines in Fernandos Leben, das er nicht verstand, dass er seine Rückenschmerzen nicht heilen konnte. Lange hatte er darüber nachgedacht und mit dem lieben Gott gehadert. Eines Tages gelangte er zu der Überzeugung, dass es nur eine logische Erklärung dafür geben konnte. Er musste Philippe finden. Einen anderen Grund ließ er auch nicht gelten. Denn er hatte sich zuvor von anderen Erkrankungen befreien können.«

»Mit dem Denken, das finde ich toll. Ich versuche immer Gutes zu denken.«

»Es geht wirklich. Aus diesem Grunde ist es für die Menschen bedeutend und überlebensnotwendig, positive Gedanken in die Welt zu senden. Letztendlich kommt es jedem zugute. Wie soll jemand glücklich und gesund leben, wenn er ständig daran denkt, wie schlecht es ihm geht und wie böse die Menschen sind. Ich denke immer gut über andere, wünsche ihnen, dass sie gesund, glücklich und wohlhabend sind. Jeder ist für sich selbst und sein eigenes Leben verantwortlich. Es ist nur schade, dass viele nicht wissen, wie es mit dem Denken funktioniert. Wenn es alle wüssten, würden wir hier auf der Erde in paradiesischen Zuständen leben. Was die Menschen daran hindert, sind Ängste und Unwissenheit. Ein jeder hat das gleiche Recht, genau wie sein Nachbar, genügend Nahrung, ein Haus, ein Stück Land, ausreichend Geld und das, was ein Mensch ansonsten für sein Lebensglück benötigt, zu besitzen. Gleichfalls muss er dafür arbeiten.«

»Das sehe ich auch so. Es ist auch einfach zu verstehen.«

»Zeit, nach Hause zu gehen.«

»Jetzt schon? Na gut, bis morgen, Alfredo – und danke.«

»Bis morgen, mein Freund.«

Alfredo streichelte Juan über den Kopf. Er ist ein hübscher Junge, dachte er. Und er wird einen guten Weg gehen.

Auf dem Heimweg dachte Juan über das Denken nach. Er fand es spannend, was der Mensch imstande war zu denken. Man konnte sich so vieles ausdenken. Alfredo hatte einmal zu ihm gesagt, dass Kinder eine wundervolle, kreative Fantasie hätten. Über die Worte hat er sich lange den Kopf zerbrochen. Alfredo hatte noch etwas gesagt, das ihn beschäftigte. Dass Babys *voll ausgestattet* zur Welt kommen würden. Damit meinte er, dass sie die Intelligenz und Voraussetzung mitbringen, um Musiker, Arzt, Astronaut, Fußballer oder etwas anderes zu werden. Es war so ähnlich wie beim Samenkorn für einen Baum, in dem auch schon jeder Ast, jedes Blatt und alle Verzweigungen enthalten waren. Irgendwie war es einleuchtend. Ein Arzt wurde nicht mit einem weißen Kittel und einem Stethoskop geboren. Doch das *Samenkorn* Arzt steckte schon im Säugling. Juan fragte sich, wo oder wie diese Entscheidungen getroffen wurden, ob jemand die Laufbahn eines Fußballers, Arztes oder Astronauten einschlagen würde. Na ja, der eine entschied sich dafür, Zeit auf dem Fußballplatz zu verbringen, und der andere beim Musikunterricht. Dann kam ihm der Gedanke, was er am liebsten werden würde. Menschen heilen, so wie Philippe es machte, war eine wertvolle und nützliche Aufgabe. *Vielleicht könnte ich auch so etwas.*

Seine Mutter stand am Herd, als er die Tür zur Küche öffnete.

»Na, mein Schatz, hattest du einen schönen Tag?«

»Ja, Mami, ich habe mit Nicolas und Hector gespielt. Alfredo hat mir erzählt, dass Philippe auf dem Weg zu Fernando ist.«

Juans Mutter kannte die Geschichte mittlerweile. Und sie sah inzwischen den wahren Wert für ihren Sohn, das, was sie ihm gab. Nun erschien er ihr noch aufgeweckter, interessierter, neugieriger, ja glücklicher. Die ganze Familie profitierte von Juans Wissen, neuen Ideen und Einfallsreichtum. Seine Geschwister nannten ihn nicht mehr einen Träumer, sondern bekamen Respekt vor ihrem Bruder. Nach dem Abendessen ging Juan auf sein Zimmer, las in seinem Buch über Dinosaurier und schlief bald schon ein.

Am folgenden Tag, nachdem er mit Nicolas, Hector und anderen Freunden im Wald gespielt hatte, entschied er sich in die Innenstadt zu gehen. Warum, wusste er nicht genau. Als er durch die Straßen schlenderte, schaute er sich die Gesichter der Menschen an. Sie sahen zwar alle anders aus, hatten unterschiedliche Hautfarben und verschiedene Körpergrößen, doch Juan kam es vor, als wenn sie sich in gewisser Hinsicht glichen. Jeder hatte Ohren, Augen, Arme, Beine und einen Mund. Doch da war noch etwas, dass Juan nicht recht erklären konnte. Er wollte Alfredo danach befragen. Ein Blick auf die Kirchturmuhr sagte ihm, dass es an der Zeit war, in den Park zu gehen. Fünf vor vier saß er auf der Bank und rieb an seinem Stein. Als Alfredo erschien, sprang Juan auf und lief ihm doch wieder entgegen, weil er es nicht erwarten konnte, seinen Freund an seiner Seite zu wissen.

»Wo sind wir stehen geblieben?«, fragte der Geschichtenerzähler, als sie auf der Bank saßen.

»Alfredo«, begann Juan.

»Ich war vorhin in der Stadt und habe mir die Gesichter der Menschen angesehen. Dass jeder einen

Mund, eine Nase, Ohren usw. hat, ist ja klar. Doch glaube ich, dass sie sich auf eine andere Art auch ähnlich sind. Ich kann's nicht so richtig erklären.«

»Ich weiß, was du meinst. Es ist auch nicht einfach zu verstehen. Darüber haben sich schon viele Experten ihren schlauen Kopf zerbrochen. Wenn ich mir die Erde vorstelle: Sie ist eine große Kugel, umgeben, na sagen wir mal, von einer Hülle. Demzufolge ist alles, was auf der Erde lebt und existiert, *eins*. Alles ist miteinander verbunden. Das Eine beeinflusst ein Anderes. Bäume erzeugen Sauerstoff, genau wie Plankton im Meer. Menschen brauchen Sauerstoff zum Leben. Die Menschen ernähren sich von Fischen, Getreide, Gemüse, Obst und vielem anderem. Ohne Wasser würde nicht viel gedeihen auf der Erde. Demnach haben alle Menschen grundsätzlich die gleichen Voraussetzungen und Bedürfnisse zum Leben und Überleben. Alle brauchen Sauerstoff, Wasser und Nahrung. Und obwohl es viele nicht wahrhaben wollen und es manch einem auch nicht bewusst ist, gleichen sich die Menschen mehr, als sie glauben. Alle wollen glücklich sein, fast alle wollen viel Geld besitzen, in einem schönen Haus leben, in Urlaub fahren, erlesene Speisen essen, geliebt und geachtet werden, schöne Kleider tragen, gut aussehen usw. In den meisten Menschen stecken Ängste, Befürchtungen, Unsicherheiten – . Dies alles zeigt mir, dass die Menschen, obwohl verschiedenster Religion, Hautfarbe und Herkunft, sich gleichen. Natürlich gibt es politische, kulturelle, klimatische und religiöse Unterschiede zwischen den einzelnen Völkern.«

»Jetzt verstehe ich es besser«, meinte Juan.

»Es ist nicht einfach zu verstehen«, erwiderte Alfredo.

»Ich denke oft darüber nach und wundere mich immer wieder, was mir dazu einfällt. Die Menschheit befindet sich in einem ständigen Wandel. Sie entwickelt sich, genauso wie die Tiere, Pflanzen und die gesamte Erde. Alles unterliegt Veränderungen und befindet sich in beständigem Wachstum. So wie sich ebenfalls das gesamte Universum entwickelt. Die Menschen werden in ferner Zukunft nicht mehr so aussehen, wie ihr Erscheinungsbild sich heute darstellt. Schau dir nur Bilder von früher an. Heute sehen die Menschen anders aus. Ich finde das alles unglaublich spannend.«

»Das ist auch spannend. Ich habe mir überlegt, was ich einmal werden möchte. Astronaut finde ich gut. Oder Fußballspieler, die verdienen viel Geld. Doch von allem ist mir am liebsten, was Philippe macht. Andere Menschen zu heilen. Etwas Besseres kann ich mir nicht vorstellen. Vielleicht werde ich Arzt.«

»Kann ich mir gut vorstellen, dass du einmal Arzt wirst. Du hast noch viel Zeit, um eine endgültige Entscheidung zu treffen. Wo sind wir stehen geblieben?«

»Philippe hat Pilger mitgenommen und sich Gedanken über das Denken gemacht.«

»Ja, also«, fuhr Alfredo fort.

»Philippe musste oft an Fernando denken. Es stimmte ihn sehr traurig, Dolores nicht mehr sehen zu können. Am meisten trauerte er jedoch wegen Fernando, weil dieser seine Frau sehr liebte und viele Jahre mit ihr zusammengelebt hatte.

Nun, da Philippe zu einem jungen Mann gereift war, interessierte er sich natürlich für das weibliche Geschlecht. Die Frauen gefielen ihm. Sehnsucht stieg in ihm auf, eine Frau zu berühren, sie zu küssen, zu riechen – . Die Art, wie ihn die Frauen ansahen, zeigte ihm, dass er ein durchaus ansehnlicher, gutaussehender junger Mann war. Sein Selbstbewusstsein sah man ihm an. Er war ohne Frage ein Mann, den viele Frauen begehrten. ›Wenn die Zeit reif ist, wird die Richtige in dein Leben treten‹, hatte sein Vater ihm gesagt.

Philippe war schon lange unterwegs. Die Landschaft hatte sich verändert. Er staunte über das üppige Grün, die Bäume, Wiesen, Blumen und die vielfältige Tierwelt. Vögel, die er nie zuvor gesehen hatte, sangen ihm fröhliche Lieder. Sie leuchteten in glanzvollen Farben und erfreuten sein Herz. Nicht selten kam es vor, dass ihm Schmetterlinge vorausflogen, gerade so, als wenn sie ihm den Weg weisen würden.

Plötzlich öffnete sich ihm ein weit ausladender Blick aufs Meer. Sein Herz hüpfte vor Freude. Nun konnte es nicht mehr weit sein. Eine Stunde später blickte er auf einen langen Sandstrand. Die kleine angrenzende Ortschaft konnte nur Finisterre sein. So reizend hatte er sich das Ende der Welt nicht vorstellen können. Wenig später hielt er die Pferde vor einem Haus an. Obwohl Fernando sein Haus nie beschrieben hatte, ahnte Philippe, dass es sich nur um das Anwesen seines Großonkels handeln konnte. Es sah von allen am fröhlichsten aus. Unzählige Blumentöpfe säumten den Eingang. Ockerfarbene, geschwungene Muster zierten die Fensterrahmen. Im Garten standen zwei prächtige Orangenbäume und ein Zitronenbaum. In einiger Entfernung erblickte Philippe Apfelbäume und alte Weinstöcke.

Philippe stieg vom Wagen, band die Pferde an und klopfte an die Tür. Da niemand öffnete, spazierte er ums Haus herum. Der Morgen war jung, die Sonne schien von einem fast wolkenlosen Himmel. Es war angenehm warm. Weil er keine Menschenseele in Finisterre erblickte, machte Philippe sich auf zum Hafen. Einige Fischerboote ließen sich von seichten Wellen in den Tag schaukeln. Nicht weit vom Ufer entfernt befanden sich weitere Boote auf dem Meer. Eines könnte Fernando gehören, dachte Philippe. Er setzte sich auf einen alten Baumstamm und ließ seinen Blick übers weite Meer schweifen. So hatte er es sich immer vorgestellt. Das tiefe Blau beglückte ihn. Philippe fragte sich wie es wohl unter der Wasseroberfläche aussehen mag. Liebend gerne wäre er ins kühle Nass gesprungen, doch er traute sich nicht so recht. Schließlich wäre es das erste Mal und er wusste nicht, was ihn erwartete. Wundervoll, dachte er. Einfach wundervoll. Philippe schaute zum Horizont und schloss seine Augen. Er erschrak, als Wasser in sein Gesicht spritzte. Er öffnete die Augen und blickte in das strahlende Gesicht, nach dem er sich so gesehnt hatte. Philippe sprang auf und drückte Fernando fast den Brustkorb ein.

»Nun mal langsam, mein Freund, du zerquetscht mir ja sämtliche Rippen.«

»Gut siehst du aus, Philippe. Ein Mann ist aus dir geworden.«

»Fernando, ich freue mich so sehr. Wie geht es dir?«

»Es geht mir gut. Obwohl – ich vermisse meine Dolores. Ich weiß, dass es ihr gut geht, dort, wo sie ist. Doch sie fehlt mir. Sie war ein wundervoller Mensch.«

Fernando schaute ihn mit tränenerfüllten Augen an. Philippe fühlte mit ihm.

»Komm«, sagte Fernando und hob einen Eimer mit Fischen an. »Lass uns zum Haus gehen. Es ist nicht weit.«

Philippe nahm ihm den Eimer aus der Hand. Fernando wirkte noch recht kräftig für sein Alter, ging schnell die Anhöhe hinauf und legte seinen Arm um seines Großneffen Schulter.

»Du kannst dir nicht vorstellen, wie sehr ich mich freue, dass du gekommen bist.«

Fernando sah Pferd und Wagen vor seinem Haus stehen.

»Wie ich sehe, hast du schon zu meinem Haus gefunden.«

»Ja«, lachte Philippe. »Das war nicht schwer. Zu deutlich trägt das Haus deine und Dolores' Handschrift. Ich war mir sicher, dass nur dieses Haus deines sein konnte.«

»Komm rein, ich mache gleich was zu essen. Du magst doch Fisch?«

»Ja, ich mag gerne Fisch. Besonders wenn er so frisch ist wie dieser.« Philippe zeigte auf den Eimer.

»Hast du einen guten Fang gemacht?«

»Ja, ja, ich mache meistens einen guten Fang. Doch hole ich nicht mehr aus dem Meer, als ich für mich und meine Nachbarn brauche. Zwei meiner Nachbarn sind über achtzig Jahre alt und können nicht mehr aufs Meer hinausfahren. Ich teile mit ihnen den Fang.«

»Bist ein Guter!«

Fernando grinste.

»Hier, kannst den Tisch eindecken.«

Fernando drückte ihm Messer und Gabel in die Hände. Philippe kam es vor, als wenn es sein Zuhause wäre. Er hatte das Gefühl, seit ewigen Zeiten in diesem Haus gelebt zu haben. Seltsam, dachte er und runzelte die Stirn. Ein Geruch von frischem Knoblauch, Zwiebeln und Fisch stieg in seine Nase. Kurze Zeit später stand das Essen auf dem Tisch. Fernando sprach ein Tischgebet und reichte anschließend Philippe den Korb mit Brot.

»Trinkst du Wein?«, fragte er Philippe und hielt ihm die Flasche hin.

»Nein, ich trinke keinen Alkohol. Einmal habe ich ein Glas leer getrunken. Danach hatte ich ein seltsames Gefühl in meinem Kopf.«

Fernando lachte und füllte sein Glas. Während des Essens lächelten sie sich ständig an. Sie brauchten nicht viele Worte. Nach dem Essen legte Fernando sich ins Bett. Siesta, wie jeden Tag.

Philippe nutzte die Zeit, um Finisterre zu erkunden. Niemand war zu sehen, außer ein paar Hühnern und Hunden schien der Ort wie ausgestorben. Er mochte Finisterre, das Frieden und Ruhe ausstrahlte. Die Stadt, in der er lebte, wurde ihm immer mehr zum Ärgernis. Viele Menschen, Pferdewagen, niemand schien mehr Zeit zu haben. Alles musste immer schneller gehen. Hier auf dem Land war Ruhe fühlbar. Die Natur atmete einen eigenen Rhythmus. Einen natürlichen halt, kam ihm in den Sinn. Lebende, wachsende Natur hatte Zeit. Ein stattlicher Baum konnte nicht an einem Tag seine majestätische Größe entfalten. Wale, obwohl schon nicht klein geboren, benötigten ebenfalls Zeit, um ihre Fülle zu erlangen. Bis ein Mensch selbstständig zu leben in der Lage ist, vergehen Jahre. Alles braucht seine Zeit und alles hat seine Zeit.

Fernando war schon auf den Beinen, als Philippe im Türrahmen erschien.

»Komm, ich zeige dir besondere Steine, die dich interessieren werden.«

Spannung wuchs in Philippe, während sie gemächlichen Schrittes die Anhöhe hochstiegen. Der Blick übers weite Meer war atemberaubend. Möwen segelten über ihren Köpfen und schienen mit dem Wind zu spielen. Eine leichte Brise wehte erfrischend landeinwärts. Er fühlte sich in eine andere Welt versetzt. Eine Welt, die er liebte, die sein Herz und seine Seele tief berührte. In jenem Moment fasste Philippe einen Entschluss. Er wollte in Zukunft am Meer leben. Die Luft konnte besser nicht sein. Frischen Fisch gab es alle Tage und die Menschen waren ruhig, freundlich und geduldig.

Viele Alte lebten in Finisterre. Fernando hatte ihm erzählt, dass die Jüngeren in die Städte gezogen waren, weil sie nicht ein Leben lang als Fischer verbringen wollten. Seine Kinder hatte er zum letzten Mal bei Dolores' Beisetzung gesehen. Leider nicht alle. Zwei hatte er nicht erreichen können. Sie lebten in Südamerika und hatten die Nachricht zu spät erhalten. Manchmal brauchte die Post Monate. Wenn sie überhaupt ankam.

Schon aus der Entfernung spürte Philippe, dass die Steine etwas Besonderes darstellten. Sie waren seltsam angeordnet. Philippe erinnerte sich an Fernandos Erzählungen über die Kelten und Druiden. Er mochte Druiden, obwohl er nicht viel über sie wusste. Schon das Wort elektrisierte ihn. Es waren Menschen mit einem hohen Maß an spirituellem Wissen. Sie hatten wahrlich gute Beziehungen zum Göttlichen, war sich Fernando sicher. Irgendwann standen sie vor einem Grab. Philippe wurde schwer ums Herz. Er ahnte, dass es Fernandos Familiengrab war. Hier lag seine Dolores. Philippe sprach ein Gebet und bekreuzigte sich. Er fühlte Traurigkeit, aber auch Frieden, wenn er an Dolores dachte.«

»Fühle ich auch«, warf Juan ein.

»Ich glaube, Dolores geht es gut, wo immer sie sich auch befinden mag«, sagte Alfredo.

»Ich bin so froh, dass Philippe bei Fernando ist. Das Haus und das Meer müssen wunderschön sein. Gerne würde ich auch einmal nach Finisterre gehen.«

»Das steht dir frei. Doch bevor du nach Finisterre gehst, würde deine Mutter sich sicherlich freuen, wenn du erst einmal nach Hause kämst.«

Juan drückte Alfredo.

»Komm gut nach Hause, bis morgen.«

»Komm auch gut nach Hause.«

An diesem Abend saß die Familie, nach dem Essen im Wohnzimmer. Juan freute sich, dass sein Vater früher nach Hause kommen konnte. Er fehlte ihm, obwohl Alfredo mittlerweile für ihn zu einem Vaterersatz geworden war. Seine Großeltern wohnten leider weit entfernt, sodass sie nur wenige Male im Jahr, während Familienfesten, zusammen kamen. Im Fernsehen wurde eine Dokumentation über die Erde ausgestrahlt. Sein Vater mochte solche Sendungen und tauschte sich gerne über deren Inhalte mit anderen aus, wenn es seine Zeit zuließ.

»Unsere Erde ernährt uns«, erläuterte ein Theologe, der von der Moderatorin interviewt wurde.

»Wir sollten unseren Ernährer lieben, respektieren und ihm dankbar sein«, fuhr er fort.

»Ohne die Erde können wir nicht existieren, nicht leben. Ich denke, dass sich jeder Mensch so zu verhalten hat, dass er weder sich selbst noch der Allgemeinheit einen Schaden zufügt. Ein weiser Indianer hat einmal gesagt, dass er nie und nimmer verstehen könne, dass ein Mensch auch nur einen Gedanken daran verschwenden kann, Maschinen zu bauen und auch zu betreiben, die unsere Luft verschmutzen. Luft, die wir am nötigsten zum Leben brauchen, verseucht der Mensch. Auch war diesem Indianer vollkommen unverständlich, dass Menschen Quecksilber in Flüsse leiten, das Menschen und Fische tötet, nur um ein Metall zu finden, das sie Gold nennen. Was ist schon Gold? Ohne Trinkwasser können wir nicht lange überleben. Doch ohne Gold sind wir in der Lage zu leben, gut und lange zu leben.

Und da war noch etwas, das dieser weise Indianer nicht verstand. Er hatte viele Bohrtürme gesehen, die stundenlang, tagelang, ja sogar jahrelang Öl aus dem Bauch der Erde fördern, aus dem Menschen Benzin herstellen, das zum Betreiben von Autos und anderen Maschinen verwendet wird und deren Abgase die Luft verpesten. Das sind Millionen, Abermillionen Tonnen. Es ist doch nur zu verständlich, dass diese Eingriffe die Erde verändern. Welche Auswirkungen es haben wird, mag niemand voraussehen. Dass bei

Ölbohrungen im Meer furchtbare Pannen geschehen können, scheint die Verantwortlichen nicht wirklich zu interessieren, wenn sie den Meeresgrund löchern. Wenn dann Millionen von Tonnen Öl ins Meer fließen, die wundervolle Natur zerstört wird und unzählige, unschuldige Tiere an den Folgen sterben, rufen sie verzweifelt um Hilfe. Und wozu das alles? Um immer mehr Geld zu scheffeln? Brauchen wir wirklich Autos und Flugzeuge? Muss alles immer schneller gehen? Den Menschen ist eingeimpft worden, keine Zeit mehr zu haben. Das ist absoluter Blödsinn. Wir haben Zeit genug. Es muss nicht alles immer schneller gehen.

Ganze Wälder abzuholzen, nur um Geld anzuhäufen, hielt er ebenso für eine absolute Katastrophe. Genauso wie die Meere leer zu fischen. Wenn es immer weniger Fische gibt, gibt es auch immer weniger, die für neue Fische sorgen. Denn Fische werden von Fischen gezeugt und nicht von Menschen. Dass Menschen Hühner oder andere Tiere innerhalb von Betonmauern züchten, ihnen Spritzen oder anderes schädliches Zeug geben, damit sie schneller wachsen und mehr Geld einbringen, und die Tiere damit krankmachen und die Menschen, die sie verzehren, ebenfalls, hielt er gleichfalls für unglaublich.

Er konnte auch nicht verstehen, und musste oft darüber schmunzeln, dass Menschen ein Stück Erde kaufen mussten, um darauf zu leben und ihr Haus zu bauen. Die Erde gehört doch allen. Jedem steht ein

Stück Erde zu, um darauf zu leben und zu wohnen. Wie überhaupt jemand auf die Idee kommen kann, Erde zu verkaufen – . Es gibt reiche Menschen, die besitzen ein großes Stück Land, auf dem sie Reitpferde, die sie zu ihrem Vergnügen halten, herumlaufen lassen. Und an den Zäunen dieses Landes sterben Menschen, die nichts zu essen haben, weil sie kein Stück Erde nutzen können, um Gemüse, Getreide oder Kartoffeln anzubauen oder ihr Vieh darauf weiden zu lassen. Unfassbar!

Der Indianer fragte sich, ob denn wirklich niemand merkt, ob denn der Mensch tatsächlich so dumm ist und nicht sieht, was er mit der wertvollen Erde, mit Mutter Natur, anstellt. ›Wenn der letzte Fisch gefangen und der letzte Baum gefällt ist, wird den Menschen bewusst werden, dass sie Geld nicht essen können.‹ Eine indianische Weisheit, die alles über unwissende Menschen aussagt.«

Nach der Sendung sprachen sie lange über das Thema. Sein Vater war überrascht, was Juan über Vertrauen, Gedanken, Heilung und das Leben zu sagen wusste, und lobte ihn, wie auch seine anderen Kinder, für ihre guten Zeugnisse.

Juan saß am nächsten Tag auf der Parkbank und musste, während er an seinem Stein rieb, ständig daran denken, wie lange Alfredo ihm die Geschichte noch erzählen würde. Plötzlich bekam er es mit der Angst zu tun, dass sie irgendwann ein Ende findet. Schließlich endet doch jede Geschichte. Oder diese etwa nicht? Noch bevor Alfredo Juan begrüßen konnte, platzte die Frage aus ihm heraus.

»Du, Alfredo, wie lange dauert die Geschichte? Noch einige Wochen oder Monate oder länger?«

»Ich weiß, was du meinst. Und kann dir darauf leider keine Antwort geben. Bei manchen Geschichten kann niemand voraussagen, wie lange sie andauern. Gib dich einfach damit zufrieden.«

Alfredo lächelte und legte seinen Arm um Juans Schulter, der sichtlich erleichtert schien.

Sie setzten sich.

»Philippe war mit Fernando am Grab«, sagte Juan sofort.

»Gut aufgepasst. Also – anschließend gingen sie zum Hafen in die Bar La Frontera, in der Fernando jeden Tag sein Gläschen Wein trank und wo sich immer dieselben Gäste aufhielten. Einige spielten Karten, rauchten Zigarren und diskutierten laut. Andere standen um die Tische und beobachteten das ganze Geschehen. Fernando hatte seinen Stammplatz an der Holztheke, von der er den Hafen und die Bar übersehen konnte. Der Besitzer Manuel und seine Frau Christina, die berühmt für ihre gute Küche war, waren seine Freunde seit ewigen Zeiten. Noch bevor sich Fernando setzte, hatte Manuel ihm ein Glas Rotwein auf die Theke gestellt.

›Das ist Philippe, von dem ich dir so viel erzählt habe‹, richtete sich Fernando an Manuel, der Philippe die Hand reichte.

›Freut mich, dich kennen zu lernen. Dein Onkel hat viel von dir erzählt. Auch einen Roten?‹

›Nein‹, sagte Fernando.

›Er trinkt keinen Wein.‹

›Keinen Wein?‹, wunderte sich Manuel.

›Das gibt's?‹

Es war in der Region ungewöhnlich, dass jemand keinen Wein trank, weil er zum Leben der Menschen an der Küste einfach dazugehörte.

›Was darf's denn sonst sein?‹, fragte Manuel.

›Wasser wäre gut‹, antwortete Philippe.

Manuel stellte ihm ein Glas Wasser auf die Theke und grinste.

›Zum Wohlsein.‹

›Zum Wohlsein‹, sagte auch Fernando und hob sein Glas. Philippe hatte gleich bemerkt, wie beliebt Fernando bei den Menschen war, die sich in der Bar aufhielten oder ihnen im Ort und am Hafen begegneten.

Die Menschen in Finisterre waren nicht reich. Doch machten sie auf Philippe einen zufriedenen Eindruck. Ihr Zeitvertreib war die Bar, ein Gläschen Wein, das Kartenspielen, ein Schwatz oder sie saßen am Hafen und tauschten sich über vergangene Zeiten und Legenden aus. Was braucht ein Mensch auch mehr, um glücklich zu sein, waren Philippes Gedanken.

Fernando sprach über Ruhm und Reichtum. Dinge, die nie wichtig für ihn waren.

›Was bedeutet Ruhm überhaupt?‹, richtete er die Frage mehr an sich selbst. ›Anerkennung, in den Augen der Menschen gut dazustehen? Brauchen wir das? Und wenn sich der Mensch entschließt, uns nicht mehr anzuerkennen, müssen wir dann traurig sein? Dann würde es in der Macht eines anderen liegen, ob wir glücklich sind oder nicht. Und das wäre doch absolut unsinnig. Was ich für wesentlich wertvoller erachte, ist unsere Eigenliebe, die uns zur Glückseligkeit verhilft. In der Bibel steht geschrieben, dass wir unseren Nächsten wie uns selbst lieben sollen. Sich selbst lieben – ja, dürfen wir das denn überhaupt? Bedeutet die Selbstliebe nichts als Egoismus? Gott liebt uns und er möchte, dass wir uns selber lieben. Denn wie können wir, wenn wir uns und unser Leben nicht lieben, unsere Partner, Kinder, Eltern und Mitmenschen lieben. Das Glück, das die Menschen erstreben, befindet sich einzig und alleine in ihnen. Und niemals im Äußeren. Das Äußere spiegelt das Innere wider. Unsere Partner können uns mit Liebe überhäufen, jeden Wunsch von den Augen ablesen, doch wenn wir das Glück nicht in uns selbst entwickelt haben, können wir die Liebe unserer Partner nicht empfinden.‹

›Weise Worte, Fernando‹, sagte Philippe.

›So weise finde ich die Worte nicht. Ich denke, dass es ganz normal ist. Und auch logisch. Liebe in mir kann nur ich empfinden, niemand kann die Liebe für mich empfinden oder für mich entwickeln.

Jemand kann Liebe, die ein anderer ausstrahlt, spüren und sehen in dessen Augen und Gesichtszügen.‹

Manuel schenkte Fernando nach, der das Zusammensein mit Philippe sichtlich genoss. Hin und wieder klopfte er seinem Großneffen auf die Schulter.

Nun, Philippe blieb drei Wochen. Er hatte seinen Eltern versprochen, nicht länger zu bleiben. Der Abschied fiel ihm nicht nur schwer, er tat weh in seinem Herzen. Liebend gerne wäre er für immer geblieben. Tränen standen am Tag des Abschieds in Fernandos und Philippes Augen.

Während der Heimreise hatte Philippe Fernando und das Meer ständig vor seinem geistigen Auge. Ein manches Mal verschmolzen beide. Fernando war für Philippe der Inbegriff wahren Lebens geworden. Konnte ein Mensch ein besseres Leben als Fernando führen? Er wohnte an einem wunderschönen Ort, hatte viele Jahre mit seiner geliebten Dolores leben dürfen und fünf gesunde Kinder großgezogen. Fernando hatte Dolores' Tod akzeptiert. Er war traurig, ja, er war sehr traurig. Doch sie war weiterhin bei ihm. Das wusste Fernando, und das wusste Philippe. Ihre Liebe würde bis an Fernandos Lebensende in ihm weiterleben. Denn Liebe lebt ewig, sie ist stärker und machtvoller als alles andere in dieser unbegrenzten Welt.

Philippe fühlte etwas in seinem Inneren, das sich in einem ständigen sanften Wachstum befand. Je öfter er es spürte, desto mehr kam er zu der

Erkenntnis, dass es sich nur um die Seele handeln konnte, welche die Unendlichkeit aus- und einatmet. Nach den Gesprächen mit Fernando stand für Philippe fest, dass alles eins ist. Die Menschen, die Tiere, Pflanzen, Steine – alles, was auf der Erde und im Universum existierte, war miteinander verbunden. Es ist aus einem Samenkorn entstanden. Philippe suchte nach einer Bezeichnung für dieses Samenkorn. *Schöpfung* fiel ihm ein. Das Samenkorn *Schöpfung*. Demnach war das Samenkorn die Seele, die Schöpfungsseele. Ja, dachte Philippe. Schöpfung und Seele waren ein und dasselbe. Das gefiel ihm. Und alles, was die Menschen in die Seele hineinfügten, in Gedanken, Handlungen und Worten, ließ die Seele wachsen, sich verändern. Philippe erschien es klar, dass Gedanken kraftvoll waren, dass sie die gesamte Welt in einem Maße formten, dass es ihm ein wenig Angst bereitete. Nicht wegen Menschen wie Fernando oder seiner Familie. Ihm kamen die dunklen Gesellen in den Sinn, die raubten, mordeten und sich betranken. Auch sie beeinflussten die Schöpfungsseele und das Universum. Dies wird sicherlich einen Sinn haben, versuchte Philippe zu erkennen. Im gleichen Moment überkam ihn der starke Wunsch, diesen Menschen mitzuteilen, dass es bessere, glücklichere Wege als Morden und Stehlen, die von Ängsten stammen, für sie gab. Man muss ihnen verständlich machen, dass auch sie es wert sind, in Liebe mit sich und ihren Mitmenschen zu leben. Philippe glaubte, dass jene Menschen nicht wussten, was die Ursache ihres Unglückes war. Er hatte in noch kein wirklich glückliches Gesicht eines Trunkenbolds oder Ganoven gesehen. Vielleicht handelte es sich um eine Art Krankheit, eine geistige Krankheit. Der Geist war fehlgeleitet. Doch wodurch? Philippe war sich sicher, dass auch dies zu heilen war. Falsches Denken oder Schicksalsschläge konnten Gründe dafür sein. Philippe wusste, dass Denken Leben lenkt, Wege öffnet, neues Leben kreiert. Denken ist Schöpfung. Doch ihm war nicht klar, wo der Ursprung der Gedanken zu finden war. Irgendwoher mussten sie kommen. Aus dem All? Vom Göttlichen? Vom Samenkorn Schöpfungsseele? Ja, sicher, woher sollten sie sonst stammen? Doch wieso dachten die einen jenes und andere gegenteiliges? Wieso gab es überhaupt schlechte Gedanken? Wieso schlägt ein Kind ein anderes? Es ist doch genauso liebevoll wie jedes andere. Ist der Grund Angst? Angst, etwas nicht zu bekommen oder weniger wert zu sein. Möglich, dachte Philippe. Wir müssen die Angst in Liebe umwandeln.«

»Das finde ich gut«, meinte Juan.

»Was?«, fragte Alfredo.

»Na – Angst in Liebe umwandeln.«

»Ja, das wäre der Weg zum Weltfrieden. Wenn die Menschen keine Ängste mehr in sich haben, dann sind sie in der Lage, mit ihren Mitmenschen und der Natur in Frieden zu leben. Dann wüssten sie, dass genügend für alle da ist.«

»Alfredo«, begann Juan mit leuchtenden Augen. »*Samenkorn Schöpfungsseele* – das mag ich. Ich liebe die Seele und stelle sie mir unendlich groß vor. Vielleicht wie ein Herz, das so groß ist wie das Universum. Wo befindet sich denn überhaupt die Seele eines Menschen?«

»Die Seele befindet sich im Menschen und der Mensch ist gleichzeitig ein Teil der Schöpfungsseele. Verstehst du das?«

»Ja, so ein wenig. Aber ich glaube, ich weiß, was du meinst. Auf jeden Fall gefällt es mir.«

»Es ist auch nicht einfach zu verstehen. Wenn wir Menschen etwas nicht sehen können, fällt es uns schwer zu glauben, dass es existiert. Unser Herz können wir auch nicht sehen, doch wir wissen, dass jeder eins in sich hat.«

»Ja, einfach ist das nicht. Ich war so traurig, als Fernando sich von Philippe verabschiedet hat.«

»Abschiede sind oft traurig. Vor allen Dingen, wenn die Menschen sich lieben, Freunde sind und nicht wissen, ob sie sich jemals wiedersehen werden.«

»Zeit, nach Hause zu gehen, mein kleiner Freund. Morgen geht die Geschichte weiter.«

»Ich freue mich schon auf morgen.«

»Guten Heimweg, ich freue mich auch auf morgen, Juan. Es bereitet mir viel Freude, dir die Geschichte zu erzählen.«

Juan ging langsam, schaute sich noch einmal um. Alfredo war nicht mehr zu sehen. Manchmal kam ihm der Gedanke, ihm zu folgen. Doch im gleichen Augenblick sagte ihm sein Gefühl, dass er es unterlassen solle. Es gibt Geheimnisse, die ein Mensch nicht erforschen sollte, hatte Alfredo ihm einmal gesagt. Denn mit der Entdeckung könnte er den Zauber auflösen und vieles zerstören. Manchmal ist es gut, seine Neugierde beherrschen zu können. Wenn wir etwas unbedingt wissen wollen und es irgendwann erfahren, stellen wir häufig fest, dass wir es überhaupt nicht wissen wollten oder sollten, und dass es uns sogar schadet. Es könnte uns traurig stimmen oder Schmerzen bereiten. Das Wissen, das uns zu teil werden soll oder muss, wird eines Tages in unser Leben fließen, als Wort, in Buchform, oder es wird ganz einfach in unserem Kopf entstehen. Die Schöpfungsseele beinhaltet die gesamte universelle Intelligenz. Und was sich in der Seele befindet, der wir angehören, ist schließlich jedem zugänglich. Es gibt keinen Grund, weshalb dem einen das Wissen zur Verfügung steht und dem anderen nicht. Wir gehören alle dieser Welt an, ohne Ausnahme. Diese Worte waren für Juan von äußerster Wichtigkeit. *Wir gehören alle der Welt an.*

Juan rieb an seinem Stein. Er stellte sich die Schöpfungsseele vor. Er liebte sie, er fühlte sie, er liebte die Menschen, er liebte sein Leben, die Erde, die Sterne und den Mond. Die Sonne schien, es war noch angenehm warm. Vögel zwitscherten, die Blumen erfreuten sein Herz. Juan war glücklich, die Zeit hätte stillstehen können.

Beim Abendessen schaute seine Mutter ihren Sohn öfters an. Er machte sie glücklich. Sie sah ihm sein Glück an. Seine Lebensfreude. Und sie bemerkte, dass er diese Freude auf die ganze Familie übertrug. Seine Geschwister stellten ihm immer mehr Fragen zu Alfredo und der Geschichte. Seit Tagen brachte Juan sie immer auf den neuesten Stand. Alle lernten daraus. Und ein jeder liebte sie – die Geschichte.

Die Ferien gingen zu Ende. Juan freute sich auf die Schule. Besonders freute er sich, seine Lehrerin wiederzusehen. Nun hieß es wieder, früher ins Bett zu gehen und morgens zeitig aufzustehen. Das fiel ihm zwar nicht leicht, doch ging es allen anderen ebenso. Am ersten Schultag kam Julia mit Sara auf ihn zu und grinste ihn verschmitzt an.

»Hallo Juan, lange nicht gesehen.«

»Du bist ja weggefahren mit deinen Eltern. Deshalb konnten wir uns nicht sehen.«

»Schlauer Juan, wie waren deine Ferien?«

»Schön, wir hatten super Wetter.«

»Wir auch, wir waren in Italien am Meer. Es war sooooooo schön.«

Juan wäre auch gerne ans Meer gefahren, doch seine Eltern mussten viel Geld ins Haus stecken. Es war alt und nicht selten mussten Dinge erneuert oder ersetzt werden. Deshalb musste Juans Wunsch noch warten.

Seine Lehrerin strahlte über ihr sonnengebräuntes Gesicht, als sie die Klasse betrat. Wie immer nach den Ferien durfte jeder, sofern er mochte, von seinen schönsten Urlaubserlebnissen berichten. Juan hatte nicht viel zu erzählen. Doch das stimmte ihn nicht traurig, weil für ihn Alfredo und die Geschichte an Wert nicht zu überbieten waren. Noch nicht einmal Ferien in Italien hätte er dafür eingetauscht. Seine Lehrerin war wieder in den Bergen zum Wandern und Bergsteigen gewesen. Sie war ein sportlicher Mensch, der Natur verbunden, ledig und nicht weit über die zwanzig.

Der erste Unterrichtstag ließ sich leicht an. Ferien gaben den Kindern, Lehrern und Eltern neue Energie, neue Kräfte fürs Alltagsleben. Die Zeit verging schnell an diesem Tag. Hausaufgaben hatten sie keine aufbekommen, außer, wie immer, einen kurzen Aufsatz über ihre Ferienerlebnisse. Doch das hatte Juan schon erledigt, weil er wusste, dass es jedes Jahr so gehandhabt wurde. So hatte er seine Hausaufgaben bereits gemacht. Deshalb konnte er nach dem Mittagsessen gleich aus dem Haus gehen.

Der Sommer bereitete den Menschen in diesem Jahr viel Freude. Es war einer der Sommer, die man als Bilderbuch-Sommer bezeichnet. Juan mochte das Leben außerhalb von Mauern. Am liebsten hätte er die Unterrichtsstunden im Freien und nicht in einem Gebäude verbracht. Zumal sein Klassenraum hässlich war. Blumen würden einen großen Unterschied machen. An den Wänden hingen Bilder, die er und seine Mitschüler gemalt hatten. Das gefiel ihm, weil jedes Kind so den Klassenraum mitgestaltet hatte. Ein Teil eines jeden befand sich in der Klasse.

Juan ging an diesem Tag in die Stadt und schaute sich wieder intensiv die Gesichter der Menschen an. Das fiel natürlich manch einem auf. Meistens erhielt er ein Lächeln. Auch schüttelte hin und wieder jemand seinen Kopf, als wenn er sagen wollte: ›Schau mich nicht so an, was willst du von mir?‹ Manchmal zwinkerte ihm jemand zu, dann musste er lachen. Alle gehören zusammen, dachte Juan. Ausnahmslos *alle* gehören der großen Seele an. Ob das auch alle wissen, fragte er sich. Gerne hätte er den einen oder anderen gefragt. Doch er traute sich nicht.

Er kramte seine Uhr aus der Hosentasche. Kurz vor drei. *Noch Zeit, aber ich gehe schon zum Park.* Juan erreichte die Bank, setzte sich und schaute verträumt den wenigen Wolken nach, die langsam und bedächtig am tiefblauen Himmel ihres Weges zogen. Die vielfältigen Formen begeisterten ihn immer wieder aufs Neue. Eine Wolke sah aus wie ein Hund, eine andere wie ein Schaf. Die schönste Wolke jedoch, die je seine Augen erfasst hatten, glich einem Wal. Er hatte die Wolke gezeichnet. Es war eines seiner Lieblingsbilder, dass nun die Wand seines Zimmers zierte.

Juan fiel plötzlich ein, dass ihre Parkbank nie besetzt war. Im Winter wäre es normal gewesen. Doch im Frühling und Sommer, wenn sich viele Menschen im Park aufhielten, war es eher ungewöhnlich. Ebenso fiel ihm auf, dass niemand Alfredo so richtig zu bemerken schien. Allerdings wusste er, dass er nicht alles hinterfragen sollte. Warum auch? Es war halt so. Und es gab schließlich Gründe, weshalb es so war. Alfredo tauchte auf. Juan lief auf ihn zu.

»Hallo mein Freund, wie geht es dir heute?«

»Gut! Ich war in der Stadt und habe mir die Menschen angesehen.«

»Du hast dir die Menschen angesehen. Und hast du etwas Neues herausgefunden?«

»Nein, aber der erste Schultag war schön. Wir haben über die Ferien gesprochen. Julia war mit ihren Eltern in Italien. Da wäre ich auch gerne gewesen. Doch Mama und Papa brauchten das Geld für Reparaturen am Haus.«

»Na ja, das ist auch wichtig. Irgendwann kommst du sicher nach Italien. Vielleicht dauert es gar nicht mehr lange.«

»Wo waren wir stehen geblieben?«, fragte Alfredo, als sie auf der Bank saßen.

»Irgendetwas mit Denken und Schöpfung«, antwortete Juan.

»Ach ja, also – Denken ist Schöpfung. Philippe überlegte, wo der Ursprung der Gedanken wohl verborgen lag. Und dass wir Angst in Liebe umwandeln müssen. Philippe liebte es, Zeit für sich und seine Gedanken zu haben. Manchmal wunderte er sich, dass er Antworten erhielt, ohne zuvor eine Frage gestellt zu haben. Diese Erkenntnis bestätigte ihm, dass alles Wissen in sein Leben floss, wenn die Zeit dafür reif war. Mit den Fragen verhielt es sich ebenso.

Oder mit den Wünschen. Eine Sache benötigt Zeit zum Reifen. Ein Wunsch wird geäußert. Manche Wünsche gehen schnell in Erfüllung. Zum Glück nicht alle. Wir haben den Wunsch, ein schönes Haus zu besitzen. Wir können uns das Haus vorstellen. Mit einem großen Garten, einer Veranda und einer Garage. So haben wir den Wunsch in unseren Gedanken beschrieben. Das Haus existiert schon in unserer Vorstellung. Das Universum nimmt unsere Vorstellung auf, entwickelt und vollendet sie, wenn wir ernsthaft daran glauben und festhalten. Selbstverständlich müssen wir alle Schritte unternehmen, um ein Haus zu bauen. Ohne einen Stein auf den anderen zu setzen und das benötigte Geld zu beschaffen, wird es nicht fertig werden.

Jemand wünscht sich eine Frau oder eine Frau einen Mann, also einen Partner. Der muss oder sollte natürlich den jeweiligen Traumvorstellungen entsprechen. Solch ein Partner wird auch irgendwann in das Leben der Person treten, die den Wunsch geäußert hat. Doch, wie es oft der Fall ist, stellt der Wünschende im Nachhinein fest, dass ihn der erfüllte Wunsch dann doch nicht so glücklich macht, wie er sich das vorgestellt hat. Denn die Erfüllung des Wunsches findet nach der Wunschäußerung statt. Wie kann jemand, der sich ein Haus wünscht, wissen, was ihn erwartet, wenn er in dem Haus lebt? Oder wie der Traumpartner sich verhält, wenn er mit ihm zusammenlebt? Besser wäre es, sich nichts zu wünschen, sondern vertrauensvoll seinen Weg zu gehen.

Wann immer die Zeit reif ist, wird das in unser Leben treten, was für uns gut ist. Letztendlich weiß das Göttliche, die universelle Intelligenz, besser, was für uns gut ist, als wir selbst. Wir sind nur ein winziges Teilchen der unendlichen Intelligenz, die viel mehr Wissen beinhaltet als ein Mensch. Wir bekommen immer wieder Zeichen und Hilfen, die uns führen, die uns sagen, mache dieses oder jenes, doch nicht dies oder das. Unser Gefühl lässt uns wissen, was gut und was schlecht für uns ist. Oft sagen Menschen, dass sie von Anfang an ein schlechtes Gefühl hatten, bevor sie die Entscheidung getroffen haben. Oder dass sie besser auf ihr Gefühl hätten hören sollen. Man könnte es als Gefühlssprache bezeichnen, als spirituelle Sprache, die weder Grenzen noch Raum kennt.«

»Ja«, warf Juan ein. »Meine Mama hat das auch schon gesagt. Und mein Papa auch.«

»Nun gut, Philippe freute sich auf sein Zuhause. Er sah die Gesichter seiner Eltern und Geschwister vor seinem geistigen Auge. Es dauerte nicht mehr lange, bis er vor dem Tor seines Elternhauses stand. Die Hunde hatten ihn schon bellend angekündigt. Seine Mutter kam mit Anna aufs Tor zu, sah in die Augen ihres Sohnes, öffnete das Tor und fiel ihm um den Hals. Tränen rannen über ihre Wangen.

›Philippe, endlich du bist wieder da.‹

›Mutter, ich freue mich so sehr, wieder bei euch zu sein.‹

Anna drückte Philippe und gab ihm einen dicken Kuss.

›Dein Vater ist in der Stadt, er hat einiges zu erledigen. Oft hat er von dir gesprochen und immer gesagt, dass du bald wiederkommen wirst. Lass uns ins Haus gehen. Magst du Tee und Kuchen?‹ Rosa trocknete ihre Tränen.

›Ja, gerne.‹

Philippe ging mit Anna an seiner Hand ins Haus. Seltsam, dachte Philippe, wie auffallend der Geruch des Hauses ist. Es *riecht* nach Zuhause. Nie zuvor habe ich festgestellt, dass im Haus ein besonderer Geruch wahrnehmbar ist. Aus der Küche strömte ein Duft von frischgebackenem Apfelkuchen. Philippes Herz machte Freudensprünge.

›Laura und Ramon sind bei ihren Freunden. Ihnen geht es gut‹, sagte seine Mutter und ging in die Küche. Philippe sah sich im Wohnzimmer um, als wenn er zum ersten Mal das Zimmer betrachten würde. Kurze Zeit später erschien seine Mutter mit dem Kuchen und Tee. Es schmeckte köstlich. Nach und nach trafen seine Geschwister und sein Vater ein, die alle glücklich waren, dass er wieder zu Hause war.

Wenige Leute hatten sich vor dem Tor eingefunden, obwohl ihnen des Öfteren mitgeteilt worden war, dass Philippe für unbestimmte Zeit verreist sei. Philippe nahm seine Tätigkeit bei Miguel wieder auf und an jedem dritten Tage heilte er Menschen in seinem Elternhaus.

So vergingen die Jahre. Philippe war oft mit seinen Gedanken bei Fernando und in Finisterre. Wie alt wird er wohl sein?, fragte er sich. Ob er überhaupt noch lebt? Gerne wäre er wieder nach Finisterre gefahren. Philippe dachte nach – vierundachtzig musste Fernando mittlerweile sein. Ein hohes Alter. Philippes achtzehnter Geburtstag lag nicht weit zurück.

Philippe las mehr und mehr in Büchern. Ihn interessierte so ziemlich alles, was mit Spiritualität, Philosophie, Geschichte und dem Universum zu tun hatte. Je mehr er las, desto mehr beeindruckten ihn die Welt und das Leben. Seine Eltern hatten das Gefühl, dass Philippe keinen Unterricht benötigte. Irgendwie schien er schon alles zu wissen. Wenn Rosa ihn unterrichtete, bekam sie den Eindruck, als wenn er sich lediglich erinnern müsse. Das war alles sehr seltsam, ja geheimnisvoll. Wenn sie mit ihrem Sohn darüber sprach, wusste er keine rechte Antwort. Es war so, wie es war, warum und weshalb, wusste niemand. Schon seit Monaten hatte Rosa aufgehört, ihre Kinder gemeinsam zu unterrichten. Und weshalb sie Philippe überhaupt noch unterrichtete, wusste sie selbst nicht. Irgendwann, als sie bemerkte, dass Philippe mehr sie als sie ihn lehrte, stellte sie es ein.

Philippes Eltern brauchten sich keinerlei Gedanken zu machen, welche berufliche Laufbahn ihr Sohn einschlagen würde. Sie war ihm bereits mit in

die Wiege gelegt worden. Er praktizierte seit Kindesbeinen an.

In Philippe stellte sich von Zeit zu Zeit ein spezielles Gefühl ein, das er nicht so recht beschreiben
konnte. Sein Vater, mit dem er darüber sprach, war
der Meinung, dass es eine Sehnsucht sein könnte.
Und dem war so. Philippe wollte ferne Welten entdecken, reisen, mit anderen Menschen in Kontakt
treten, mit ihnen reden, sich austauschen. Jene Sehnsucht ließ ihn nicht mehr los.

Philippe hatte es bereits geahnt, noch bevor die
Nachricht eintraf. Er konnte sich genau an den Tag
erinnern. Ein Vogel, den er zuvor nie gesehen hatte,
hielt sich den ganzen Tag auf seiner Lieblingseiche
vor dem Küchenfenster auf und sang ein trauriges
Lied, das mehr eine Botschaft war. Eine Botschaft
aus der Ferne. Ein Kurier hatte den Brief überbracht.
Sein Vater hatte ihn geöffnet, die Familie zusammen-
gerufen und mit bewegter Stimme vorgelesen: ›Am
15. Januar ist unser Vater Fernando im Alter von 86
Jahren von uns gegangen. Man hat ihn neben Dolores' Grab gefunden. Er ist sanft eingeschlafen und
hatte ein Lächeln in seinem Gesicht.‹«

Juan schluchzte, Tränen liefen über seine Wangen. Alfredo reichte ihm ein Taschentuch.

»Sei nicht so traurig, Juan. Fernando ist nun bei
seiner Dolores. Sie sind wieder zusammen. Und wo

immer sie auch sein mögen, so sind sie glücklich. Fernando ist mit einem Lächeln gegangen.«

»Trotzdem ist es traurig.«

»Ja, es ist traurig. Es tut weh, wenn ein Mensch gehen muss, den man gerne hat. Doch wie du bereits weißt, ist der Tod nur ein Übergang zu einem neuen Leben. Ohne Tod gibt es keine Geburt und ohne Geburt keinen Tod.«

Alfredo nahm Juan in seinen Arm, drückte ihn und erzählte weiter.

»Alle trauerten um Fernando. Ganz Finisterre war auf den Beinen, als sie seine Überreste ins Familiengrab zu Dolores betteten. Fernandos Haus übernahm sein ältester Sohn, der sich entschieden hatte, aus der Stadt zurück nach Finisterre zu ziehen und wie sein Vater Fischer zu werden.

Philippes Familie trauerte lange um Fernando, den alle liebten. Philippe beschloss daraufhin, sich auf den Weg zu machen. Er musste raus aus der Stadt. Er wollte in die Welt. Die Sehnsucht war so stark, dass er eines Tages aufbrach.«

»Ich will auch in die Welt«, unterbrach Juan.

»Kann ich gut verstehen. Du wirst noch warten müssen.«

»Ich weiß schon, Zeit nach Hause zu gehen«, sagte Juan.

»Bis morgen, Juan.«

»Bis morgen, Alfredo.« Juan drückte ihn fest.

Juan saß in der Schulbank und lauschte den Worten seiner Lehrerin, war allerdings in Gedanken bei Fernando. Auf unerklärliche Weise hielt sich seine Traurigkeit in Grenzen. Er glaubte fest daran, ja, er fühlte es, dass Fernando, wo immer er sich jetzt auch befand, glücklich war. Und er hatte das sichere Gefühl, dass Fernando auch in ihm weiterlebte. Es war zwar seltsam, doch es war so. Das stimmte Juan glücklich, gab ihm Kraft und Vertrauen.

Philippe kam ihm in den Sinn. *Erinnern*, fiel ihm ein. Philippe brauchte sich nur zu erinnern, wenn seine Mutter ihn unterrichtete. Vielleicht war es bei allen anderen ebenso. Juan fand den Gedanken nicht nur äußerst stark, sondern er glaubte, dass viel mehr dahinter steckte. Die Lehrerin erklärte den Schülern etwas. Manche Kinder begriffen es, andere nicht oder brauchten mehr Zeit. Wieso war das so? Konnten sich manche besser erinnern als andere? Oder hatte es andere Gründe? Dumm war keiner, das war auch Juan mittlerweile klar.

Alle hatten immer angenommen, dass Hector dumm sei. Juan hatte, nachdem er einige Male mit Nicolas bei Hector zu Hause gespielt hatte, herausgefunden, dass Hectors Vater immer nur mit seinem Sohn schimpfte. Alles, was der arme Hector machte, war verkehrt oder er machte es so, dass sein Vater etwas daran auszusetzen hatte. Juan hatte mit Alfredo darüber gesprochen. Der meinte, dass Hectors Vater sehr wahrscheinlich sich selbst nichts zutraue und Angst habe, etwas verkehrt oder nicht perfekt zu machen. Demnach hätte er auch Angst, dass sein Sohn Fehler mache und es auf ihn zurückfallen würde. Juan war ebenfalls aufgefallen, dass Hectors Vater meistens eine Flasche Bier in der Hand hielt, wenn sie ihn sahen. Geradeso, als wenn er sich daran festhalten würde. Hectors Mutter war eine zurückhaltende Frau, die wenig sprach, und wenn sie einmal etwas sagte, wurde sie von ihrem Mann zurechtgewiesen. Schon bei seinem ersten Besuch in Hectors Elternhaus überkam Juan ein ungutes Gefühl. Irgendwann wollte er nicht mehr hingehen.

Während des Unterrichts ermunterte seine Lehrerin Hector immer wieder. Lobte ihn, wenn er etwas wusste. Hector blühte auf, seine Noten wurden besser. Juan, Nicolas und Hector beschlossen, die Hausaufgaben gemeinsam zu machen. Das kam allen zugute. Auch Nicolas' Noten wurden besser. Natürlich hatte die Lehrerin einen großen Anteil an diesem Erfolg. Ohne ihr Verständnis für Hector wäre es nicht möglich gewesen.

Es dauerte lange, bis auch Hectors Vater die Entwicklung seines Sohnes bemerkte. Das führte dazu, dass er ihn sogar wegen seiner guten Noten lobte und stolz auf ihn war. Hectors Mutter war aufgefallen, dass ihr Mann seitdem nicht mehr so viel Bier trank und auch liebevoller mit ihr umging und seine freie Zeit nicht nur vor dem Fernseher verbrachte.

Hector war ein Einzelkind. Während seiner schwierigen Geburt hatte es Komplikationen gegeben. Die Ärzte hatten von weiteren Geburten abgeraten. Hectors Vater hätte gerne mehr Kinder gehabt. Vielleicht war das ein Grund für sein Unglücklichsein. Man muss die Dinge akzeptieren, wie sie sind, hatte Alfredo gesagt, versuchen, das Beste daraus zu machen. Und die eigene Familie weiterhin lieben. Denn auch einem Einzelkind können die Eltern viel Liebe zukommen lassen, hatte er angefügt.

Nicolas und Juan hatten das Glück, Eltern zu haben, die sie liebten und unterstützten, auch wenn es nicht immer einfach war. Juan spielte nun wieder des Öfteren mit Hector und Nicolas. Sie wurden zu einem richtig guten Team. Einer profitierte von dem anderen. Und die Geschichte, die Juan nun auch seinen Freunden erzählte, half jedem Selbstvertrauen zu entwickeln. Zuweilen kamen sich die Drei richtig klug vor. Dann lachten sie lauthals und blödelten ausgelassen.

Juan schaffte allerdings klare Verhältnisse, was die Geschichte anbetraf. Alfredo hatte gesagt, dass er sie nur ihm erzählen könne. Er hatte ihm ebenfalls zu verstehen gegeben, dass alle davon profitieren würden. Und es gut wäre, wenn er die Geschichte seiner Familie und seinen Freunden weitererzähle. Doch sein Geheimnis konnte und durfte Alfredo Juan nicht verraten. Er würde irgendwann selbst darauf kommen.

Um halb vier saß Juan auf der Bank, schrieb etwas in sein Heft und rieb hin und wieder an seinem Stein. Es war ein wenig frisch an diesem Tage, der Sommer neigte sich dem Ende zu. Juan hatte Alfredo nicht kommen sehen.

»Hallo mein Freund, wie geht es dir?«

»Mir geht es gut. Ich war mit Nicolas und Hector im Wald. Sie haben mich wieder gefragt, ob sie mit könnten, um die Geschichte zu hören. Ich habe ihnen gesagt, dass es mir leidtue.«

»Gut, wo waren wir stehen geblieben?«

»Philippe wollte raus aus der Stadt. In die Welt.«

»Richtig, also – dieses Gefühl wurde von Tag zu Tag stärker. Es wuchs an, bis Philippe nicht mehr anders konnte, als diesem Gefühl nachzugeben. Er *musste* hinaus in die Welt. Und so spannte er eines schönen Tages die Pferde vor den Wagen, nahm alles mit, was er für eine lange Reise benötigte, und machte sich auf den Weg. Die Pistole und das Gewehr, die ihm sein Vater mitgeben wollte, lehnte er ab. Er hatte Vertrauen und wusste, dass ihm nichts geschehen würde.

Philippe war voller Freude, als er sich von der Stadt entfernte. Sein Ziel war, Spanien, das Land, in dem er lebte, zu erkunden. Auf seiner Reise zu Fernando hatte er viel gesehen. Doch wie mochte es in anderen Gegenden aussehen? Wie waren die Menschen dort? Philippe liebte Begegnungen und Gespräche. Auf eine besondere Art lehrten sie ihn. Es gab so viele wundervolle Menschen. Überhaupt stellte Philippe immer wieder fest, dass die meisten Menschen friedlich und freundlich eingestellt waren.

Mit jedem Meter, den er zurücklegte, öffneten sich ihm neue Welten. Philippe spürte Freiheit, sein Brustkorb weitete sich. Eine unvorstellbare Vorfreude war in seinem Herzen. Menschen, denen er begegnete, spürten dies.

Hin und wieder stieß er auf Pilger. In den Gesprächen mit ihnen stellte er viele Gemeinsamkeiten fest. Trotz vielerlei Gefahren hatten sie sich auf einen Weg begeben, den niemand anders für sie beschreiten konnte. Nur derjenige, der sich aufmacht, kann diese oder jene Erfahrung machen, die ihn weiterbringt im Leben, an ein Ziel führen wird, von dem er bei seinem Aufbruch nichts wusste. Vielleicht ahnte oder fühlte er es. Ja, vielleicht war der Weg in dem Samenkorn eines jeden Pilgers schon angelegt. Gerade so, als wenn er zu einer bestimmten Zeit in seinem Leben diesen Weg antreten muss, um diese, jene Erfahrung zu machen, diesem oder jenem Menschen zu begegnen, sich mit ihm auszutauschen, ihn zu lehren, von und mit ihm zu lernen und ihn zu lieben. Das muss nicht unbedingt ein Pilgerweg sein, wusste Philippe.«

Juan sprang von der Bank auf.

»Was ist los, hat dich etwas gestochen?«

»Nein. ›Sich auf den Weg machen‹, finde ich klasse.«

»Kannst du später noch. Soll ich weitererzählen?« Alfredo schmunzelte, spürte die Leidenschaft, den

Enthusiasmus in Juan. Es stimmte ihn glücklich und bestätigte sein Tun.

»Philippe hatte großen Respekt vor den Pilgern, weil sie wenig für sich beanspruchten und den Mut aufbrachten, einen langen, ungewissen Weg auf sich zu nehmen. Sie trugen ein Bündel auf ihrem Rücken, in dem sich alles befand, was sie während der langen Wanderschaft benötigten. Manch einer war seit Monaten unterwegs. Philippe lauschte gerne ihren Geschichten, die nicht immer erfreulich waren. Doch, wie die meisten berichteten, war es aller Mühe wert. Viele hatten gar den Eindruck, als wenn eine unsichtbare Kraft sie begleiten und antreiben würde. Wenn sie Hilfe benötigten, so erhielten sie Hilfe. Auch wenn es hin und wieder etwas länger dauerte. Einer erzählte, dass an einem heißen Tag, als ihm das Wasser ausgegangen war und er um Wasser gebeten habe, ein großer bunter Schmetterling erschienen und an seiner Nase vorbei in den Wald geflogen sei, in dem eine Quelle sprudelte. Es sei offensichtlich, dass der Schmetterling ihm den Weg gewiesen habe. Nie zuvor sei er einem Schmetterling in den Wald gefolgt.

Andere sprachen von Heilungen, für die sie keinerlei Erklärung wussten. Ein alter Mann hatte viele Blasen an seinen Füßen und konnte sich nur mit größter Mühe zu einem Bauernhof schleppen. Die Frau des Bauern kannte sich mit Heilkräutern aus. Sie umwickelte seine Füße mit einer Paste aus

Kräutern. Am nächsten Morgen war er fähig weiterzugehen. So viele verschiedene Geschichten die Pilger auch zu erzählen wussten, hatten sie doch eines gemeinsam. Eine Sehnsucht und ein unergründliches Gefühl, das sie antrieb. Und die gaben ihnen immer wieder neue Kräfte voranzuschreiten. Nach vorne zu sehen, auch wenn es schwierig wurde und Hindernisse zu überwinden waren. Jedes überwundene Hindernis gab ihnen mehr Kraft. Sie hatten es bewältigt, eine neue Erfahrung gemacht.

Je weiter Philippe reiste, desto weniger Pilger begegneten ihm. Irgendwann sah er keine mehr. Sie folgten einer anderen Route. Alle sprachen sie von Santiago de Compostela, wo sich die Gebeine eines Jüngers Jesu befanden. Das war ihr Pilgerziel. Philippe hatte ein anderes, obwohl der Name *Santiago de Compostela* etwas in ihm auslöste und auch bewegte. Vielleicht später einmal, waren seine Gedanken. Er war noch jung. Andere Ziele klangen lauter, fordernder – .«

Juan sprang wieder von der Bank.

»Was ist heute los mit dir?«

»Santiago«, wiederholte Juan.

»Da möchte ich auch mal hin.«

»Kannst du auch, wenn du möchtest. Doch heute nicht mehr, es ist schon zu spät.« Alfredo strich Juan über den Kopf und lachte.

»Morgen geht es weiter.«

»Immer wenn es am spannendsten ist, muss ich nach Hause«, protestierte Juan.

»Das ist bei allen guten Geschichten so, sonst wären sie ja langweilig. Wir sehen uns morgen um vier.«

»Bis morgen, Alfredo.«

Sie drückten sich.

In der Schule nahm Juan mittlerweile eine Rolle ein, von der außer seiner Lehrerin niemand etwas bemerkte. Von dem Wissen, das Alfredo ihm vermittelte, profitierten seine Mitschüler ebenso. Der Direktor versuchte verstärkt die Methoden, welche Juans Lehrerin und ihr Kollege anwandten, auf die anderen Lehrkräfte zu übertragen. Was nach und nach zu kleinen Erfolgen führte. Das hatte zur Folge, dass immer mehr Eltern von außerhalb ihre Kinder in Juans Schule anmelden wollten. Die Aufnahmefähigkeit der Schule war bald erschöpft.

Lernen mit Freude war die Schlagzeile der lokalen Presse, die einen Artikel über die Schule veröffentlichte. Was gibt es Schöneres für Kinder, als mit Freude zu lernen. Manch ein Lehrer glaubte bislang, dass Kinder mit Strenge, Stress und Druck besser und mehr lernen. Doch dem ist nicht so, wie das Beispiel von Juans Klasse zeigte. »Ich mag meine Lehrerin bzw. meinen Lehrer«, war die Antwort der Kinder, die befragt wurden, weshalb ihnen der Unterricht so viel Freude bereite. Was kann es Besseres für ein Kind geben, als sich auf die Schule und die Lehrerin zu freuen?

Um vier saßen Juan und Alfredo auf der Bank.

»Alfredo, was ich dich schon immer fragen wollte – eeehm – gibt es einen Gott?«

»Ja, sicher gibt es einen Gott. Gott ist wahre, reinste Liebe. Gott ist in allem und alles ist Gott. Gott ist in dir. Du bist ein Teil Gottes. Das gesamte Universum ist Gott.«

»Ich finde es so schön, dass Gott Liebe ist. Denn was ist schöner als Liebe?«

»Du hast recht, nichts ist schöner als Liebe. Und nichts ist glückbringender, als zu lieben. Und lieben zu können.

Also – Philippe reiste durch sein Heimatland und war hingerissen von der Schönheit Spaniens. Er schätzte sich glücklich, in solch einem warmen, fruchtbaren Land das Licht der Welt erblickt zu haben. Philippe reiste monatelang, lernte viele Menschen kennen, mochte die kleinen Ortschaften, die bunt und einladend die Natur verschönerten. Besonders liebte er die Gastfreundschaft der Menschen. Nicht selten luden sie ihn zum Essen ein. Sie verstanden nur nicht, weshalb er den köstlichen Wein verschmähte. Hin und wieder heilte er diesen oder jenen.

Philippe erkannte im Laufe der Jahre, dass er nicht jeden heilen konnte oder sollte. Denn schließlich besitzt jeder Mensch seine Entscheidungsfreiheit. Wenn jemand krank sein oder bleiben wollte, so konnte Philippe absolut nichts dagegen tun. Denn das wäre gegen dessen freien Willen gewesen.

Nach einem Jahr war Philippe wieder zu Hause und hatte viel zu erzählen. Sein Vater hörte nicht auf, ihm Fragen zu stellen. Stundenlang lauschte er seinen Worten. Es war immer schon ein großer, unerfüllter Wunsch von Philippes Vater gewesen, sein Heimatland zu bereisen. Doch er hatte Frau und Kinder und deshalb waren für ihn Reisen stets nur begrenzt möglich. Während er Philippes Worten folgte, kam es Ángel geradeso vor, als wäre er mit ihm gereist.

Das Leben nahm seinen gewohnten Lauf. Philippe heilte weiterhin Menschen und begann über seine Eindrücke und Erfahrungen zu schreiben. Philippe teilte sich gerne mit, weil er überzeugt war, dass Mitteilung wichtig sei, um den Menschen auf ihrem manchmal schwierigen Lebensweg behilflich zu sein. Im Wort Mitteilung befindet sich das Wort *Teilung*. Teilen bereichert und erleichtert. Philippe liebte das Leben, malte Landschaften, Tiere und Blumen, streifte durch die Wälder und schloss immer mehr Freundschaften.«

»Alfredo, so wie Philippe möchte ich auch gerne leben.«

»Das kann ich gut verstehen. Wenn du das möchtest, kannst du leben wie Philippe. Wir haben die Freiheit zu entscheiden, wohin wir gehen, was wir machen. Wir können jederzeit *ja* oder *nein* zu etwas sagen.«

»Du, Alfredo, was ich nicht so richtig verstanden habe, ist das mit den Menschen, die nicht gesund sein oder werden wollen.«

»Das hängt von der Macht unserer Gedanken ab. Wir haben einen freien Willen. Wenn jemand entscheidet, dass er lieber krank als gesund sein will, so kann niemand etwas dagegen unternehmen. Außerdem wissen die Menschen, was gesundheitsschädlich und was gut für sie ist. Jedenfalls die meisten.«

»Ich bin lieber gesund.«

»Gute Entscheidung.«

»Ebenso verhält es sich mit dem Glücklichsein. Wenn die Menschen nur wüssten, dass sie es ganz alleine in der Hand haben, ihr Glück zu beeinflussen und zu gestalten, würden sie die Schuld nicht mehr bei ihren Eltern, Partnern oder anderen Menschen suchen.«

»Vielleicht wissen es nicht alle, wie es geht«, meinte Juan nachdenklich.

»Du hast vollkommen recht. Wenn es alle wüssten, dann wären auch alle glücklich. Erfreulicherweise gibt es sehr gute Lehrer wie Jesus Christus, Buddha, Mahatma Gandhi, gute Bücher und Freunde, die uns helfen und lehren. Wir müssen nur hinhören und das Gelernte umsetzen. Es gibt auch schlechte Lehrer und Lehren, denen manche folgen. Doch das Prinzip des Lebens und Glücklichseins ist sehr einfach. Was du gibst und aussendest, kehrt zu dir zurück. Deshalb höre ich nicht auf zu sagen, dass *Denken* so außerordentlich wichtig ist. Was die Menschen denken, wird irgendwann eintreten. Und je mehr Menschen das Gleiche denken, umso kraftvoller sind diese Gedanken. Du hast es ja selbst mit Nicolas ausprobiert. Wie auch soll etwas Gutes gedeihen, wenn die Menschen nur schlechte Gedanken haben. Die Art und Weise, wie heutzutage schlechte Gedanken erzeugt und beeinflussend verbreitet werden, ist in meinen Augen nicht mehr nachvollziehbar. Negative Informationen verbreiten sich rasend schnell über die gesamte Erde. Diese negativen Nachrichten und auch Bilder setzen sich in den Köpfen der Menschen fest. Sie machen ihnen Angst, viele ärgern sich, regen sich auf, reden mit ihren Freunden und Nachbarn darüber, verbreiten sie weiter. Und geben den bösen Kräften somit noch mehr Macht und Intensität. Die Welt ist so, wie wir sie sehen. Die Welt ist so, wie wir sie erschaffen mit unseren Gedanken. Gedanken sind Schöpfung. Wir gestalten mit unseren Gedanken die Welt von morgen.«

»Alfredo, das verstehe ich. Ich denke, dass die Welt von morgen gut aussieht, die Menschen in Frieden leben, jeder genug zu essen hat und dass jeder den anderen liebhat.«

»Das ist das Beste, dass du für dich und das Leben aller tun kannst. Jeder sollte so leben, dass es zum Wohle der Gesamtheit ist. Denn jeder Gedanke kommt allen und allem zugute. Zum Glück sind Gedanken der Liebe machtvoller als schlechte

Gedanken. Liebe ist die höchste Einheit im gesamten Universum. Die Menschen sind in der Lage, vieles zu zerstören, doch einzig und allein die Liebe können sie nicht zerstören. Denn die Liebe *ist* Gott. Und Gott kann niemand zerstören.«

»Was du sagst, Alfredo, hilft mir. Ich bin immer so traurig, wenn ich im Fernsehen Krieg sehe und Menschen, die andere berauben oder töten. Es macht mir Angst.«

»Menschen, die andere töten oder bestehlen, brauchen am meisten Liebe. Es sind die Ärmsten überhaupt. Wenn wir ihnen Hass entgegenbringen, stärken wir damit ihre Bösartigkeit. Wir müssen ihnen verzeihen und mitteilen, dass auch sie es wert sind, geliebt zu werden und sich selbst zu lieben. Denn wer Liebe in sich trägt, verbreitet Liebe und kein Verderben. Besonders Menschen, die jemanden, den sie geliebt haben, durch die Einwirkung eines anderen verloren haben, fällt Vergebung schwer. Sie fühlen einen Schmerz, der sie lähmt. Obwohl es für diese Menschen sehr hart und unverständlich klingen mag, hilft es ihnen zu vergeben. Vergebung führt zur Heilung. Als du wütend auf Nicolas warst, weil er dich verraten hat, was hast du gefühlt in diesen Momenten?«

»Ich war nur noch wütend und hätte ihm am liebsten eine Tracht Prügel verpasst.«

»Genauso verhält es sich mit Hass. Wenn jemand einen anderen Menschen hasst und ihm Schlimmes wünscht, so fühlt er diesen Hass einzig und allein in seinem Innern. Es sind ausschließlich seine eigenen Gefühle, nicht die eines anderen. Genauso verhält es sich bei Gefühlen der Liebe, die auch niemand anders für einen fühlen kann. Wenn nun jemand Empfindungen des Hasses für einen anderen hegt, fühlt er sich schlecht, es tut sogar sehr weh, er fühlt einen Schmerz. Doch Schuld für das Hassgefühl trägt nicht derjenige, den er hasst, denn der hat ja nicht den Hass in sich. Der Schmerz über den Verlust eines Menschen ist berechtigt. Auch die Trauer und die Klage sind berechtigt. Ja, ihr Hass ist auch zu verstehen. Doch sie können sich von diesem Hassgefühl und ihrem Schmerz selbst befreien, wenn sie vergeben. Es wäre fatal, wenn derjenige, der einen verletzt, auch noch entscheiden könnte, ob wir durch unseren Hass ihm gegenüber uns ein Leben lang schlecht fühlen. Auch falls ich mich wiederholen sollte, *wir* können unsere schlechten Gefühle unseren Peinigern gegenüber aus eigener Kraft auflösen. Indem wir ihnen vergeben. Und das ist die gute Nachricht. *Wir* können das, ohne die Mitwirkung eines anderen.«

»Alfredo, das ist schwer. Ich meine, zu vergeben. Ich hatte eine Stinkwut auf Nicolas. Es hat lange gedauert, bis ich ihm vergeben konnte. Doch heute bin ich froh, dass ich es gemacht habe. Denn immer, wenn ich ihn in der Schule auch nur gesehen habe, bekam ich erneut einen Wutanfall.«

»Das ist ein gutes Beispiel, wie es besser nicht sein könnte. Alleine schon der Gedanke an Nicolas hat dich wütend gemacht, hat dir ein unangenehmes Gefühl bereitet. Und wenn du Nicolas nun siehst, geht es dir nicht mehr schlecht.«

»Ja, wir sind wieder Freunde.«

»Es gibt Länder, die sich bekriegen. Ein oder mehrere Verantwortliche entscheiden, dass das Nachbarland zu bombardieren sei. Sie töten Menschen und zerstören das Land. Natürlich führt das zu Hass, Leid, Schmerzen und Rachegelüsten. Die Angegriffenen reagieren mit Gegenattacken. Töten ebenfalls Menschen, Tiere und zerstören Gebäude. Und wozu führt dies alles? Zu noch mehr Hass und noch mehr Bomben. Der häufigste Grund für solche Leid bringenden und überflüssigen Attacken sind Machtgehabe, Besitz- und Geldgier. Und manchmal sind es lediglich Meinungsverschiedenheiten. Land und Geld stehen jedem Menschen zu, egal welcher Nationalität, egal welcher Religion er angehört oder welche Hautfarbe er hat. Wenn das den Verantwortlichen der Länder bewusst wird, gibt es nur noch Frieden. Bomben haben noch nie zum Frieden beigetragen. Auf Bomben würde ich mit Blumen, Kerzen und Gebeten reagieren. Es gibt eine einfache Lösung, kriegerische Auseinandersetzungen zu beenden. Wenn immer wieder zurückgeschlagen wird, führt das zu mehr und mehr Hass. Statt Bomben und Panzer würde ich den Angreifern Blumen, Kerzen und Brot senden. Gespräche, Verständigung können auch zu Frieden beitragen. Leider ist dies alles nicht einfach zu lösen, weil es auf unserer Erde aggressive, unwissende Machthaber gibt.«

»Nun ist es Zeit, nach Hause zu gehen.«

»Bis morgen, Alfredo.«

Juan drückte seinen Freund.

Mit vielerlei Gedanken in seinem Kopf, den Stein in seiner Hand, schlenderte Juan noch lange durch den Park und nahm die Menschen, Blumen und Bäume nicht so recht wahr. Alfredo war ein außergewöhnlicher Mensch. Was der alles wusste – . Juan spürte deutlich, dass sein Bauchgefühl begriff, was sein Verstand nicht so recht einzuordnen vermochte. Alfredo hatte ihm auch gesagt, dass vieles Zeit brauche, um verstanden zu werden. Lehren, Gedanken, Gefühle verändern sich, wachsen, beschreiten Wege in unsere Herzen, in die Seele und in unseren Geist. All das beschäftigte und beeindruckte ihn. Und war ihm manchmal auch einfach zu viel.

Seine Mutter sah ihm an diesem Abend an, dass einiges in seinem Kopf vor sich ging.

»Wie geht's Philippe?«, fragte sie ihren Sohn.

»Philippe geht es gut. Er war lange in Spanien unterwegs.«

»Und wie geht's Alfredo?«

»Dem geht es auch gut. Der weiß vielleicht Sachen.«

Juan setzte sich zu seinen Geschwistern an den Tisch.

»Papa kommt heute später«, sagte Monica.

Juan nickte.

»Seit wann erzählt Alfredo dir die Geschichte?«, fragte seine Mutter, als sie ihm Kartoffeln auf den Teller legte.

»Weiß ich auch nicht so genau. Schon lange.«

»Ich bin jedenfalls gespannt, wie sie endet«, antwortete seine Mutter.

»Ja, ich auch«, meinte Juan.

Im gleichen Augenblick hielt er inne. Endet? – . Ich will nicht, dass die Geschichte endet, schrie es in Juan. Er konnte sich ein Leben ohne Alfredo und die Geschichte nicht mehr vorstellen. Wollte er auch nicht. Wie langweilig sein Leben doch zuvor war. Unbehagen breitete sich in ihm aus, wenn er nur daran dachte, dass diese für ihn so wundervolle Zeit einmal ein Ende finden könnte. An diesem Abend schaute er nicht mit seinen Geschwistern fern, sondern ging auf sein Zimmer und las in seinem neuen Buch über die Indianer Amerikas. Jedoch konnte er sich nicht wirklich darauf konzentrieren.

Als er am nächsten Tag mit Alfredo auf der Bank saß, hatte er es eilig, die Frage loszuwerden.

»Alfredooo – wann ist die Geschichte zu Ende?«

»Juan, stelle so eine Frage bitte niemals einem Geschichtenerzähler. Erstens weiß ich es nicht und zweitens, wenn ich es wüsste und dir sagen würde, dann könnte dir die Antwort nicht gefallen und der Geschichte ihren Zauber nehmen.«

Juan nickte und bereute im gleichen Moment, die Frage gestellt zu haben.

»Zu Philippe«, sagte Alfredo.

»Er schrieb seine Erlebnisse und Eindrücke auf und malte leidenschaftlich gern. Einer von Philippes Lieblingsplätzen war der wöchentliche Markt am Freitag. Er liebte die Farben, Gerüche und die Gesichter der Menschen. An jenem Tag spazierte er mit einem Einkaufskorb von Stand zu Stand. Plötzlich fühlte er eine Berührung an seinem Arm. Er drehte sich um und sah in leuchtend braune Augen. Die junge Frau konnte ihren Blick nicht von Philippe lösen. Die ganze Welt schien in diesem einen Moment stillzustehen.

›Marcia, was ist nur?‹, erklang eine Stimme.

Die junge Frau erschrak und wandte den Blick von Philippe.

›Mutter!‹

›Marcia, was ist, wieso stehst du hier wie ein Stein und starrst den jungen Mann an?‹

›Was, wie?‹ Ihre Mutter zog sie am Arm. Schnell entfernten sie sich.

Philippe glaubte geträumt zu haben, schüttelte mehrmals den Kopf und konnte keinen klaren Gedanken fassen. *Was war denn das?* Nie zuvor hatte er in solch wunderschöne Augen gesehen. Magie fiel ihm dazu ein. Magische Augen. *Wie hat ihre Mutter sie gerufen? Marcia, seltsamer Name. Nie zuvor gehört.* Von Philippe hatte etwas Besitz ergriffen, dass er nicht benennen konnte. Hin und wieder, als er in das Gesicht einer schönen Frau geschaut hatte, hatte er Freude empfunden. Doch Marcias Blick hatte sein

Herz nicht nur berührt, er hatte es erfüllt, erleuchtet und erwärmt. Philippe schüttelte erneut den Kopf, als wenn er etwas zurechtrücken müsse. Er schaute in sämtliche Richtungen. Nirgendwo war sie zu sehen. Verschwunden, spurlos verschwunden. Panik ergriff ihn. Er lief über den Markt, sah in jede Gasse, doch sie war nirgendwo zu sehen. Traurigkeit erfasste Philippe. Angestrengt dachte er nach, versuchte vergangene Tage auf dem Markt in seiner Erinnerung wachzurufen. Versuchte herauszufinden, ob ihm Marcia zuvor schon einmal begegnet war. *Nein, das war nicht möglich. Solch außergewöhnliche Augen wären ihm sicherlich aufgefallen.* Philippe lief zu seinem Wagen und fuhr, ohne weitere Einkäufe zu tätigen, nach Hause.

Seine Mutter brauchte nicht lange, um festzustellen, was mit ihrem Sohn geschehen war. Zuerst ging er in die Küche, grüßte sie beiläufig, stellte den Einkaufskorb ab, schien über irgendetwas nachzudenken, ging in den Garten, kam wieder ins Haus, begab sich in die Bibliothek und lief dann wieder ins Wohnzimmer. Bis seine Mutter ihn bei seinem Namen rief. Er erschrak.

›Mutter, habe ich dich nicht begrüßt?‹

›Doch, hast du, mein Sohn. Wie sieht sie aus?‹

›Wer?, wie? - was meinst du? Wer soll wie aussehen?‹

›Na rücke schon raus damit. Ich sehe es deinen Augen an. Es gibt nur eines auf dieser Welt, das die

Augen eines Mannes so aufleuchten lässt. Wo hast du sie gesehen?‹

›Mutter!‹

Philippe wunderte sich über die direkten Worte seiner Mutter. Sie lächelte ihn an. Philippe grinste verschämt.

›Erzähl schon, wie sieht sie aus?‹

›Solche Augen habe ich nie zuvor gesehen. Auf dem Markt stand sie plötzlich neben mir. Wir haben uns in die Augen geschaut, bis ihre Mutter sie bei ihrem Namen rief. Marcia, glaube ich verstanden zu haben.‹

›Marcia‹, wiederholte seine Mutter.

›Nie gehört. Sonderbarer Name.‹

›Ja, das ist alles sonderbar.‹

›Du hast nur die Hälfte eingekauft.‹

›Tut mir leid, entschuldige bitte. Ich habe nach ihr gesucht, nachdem sie mit ihrer Mutter verschwunden war. Und vergessen, den Einkauf weiterzuführen.‹

›Das Wichtigste hast du mitgebracht.‹«

Alfredo musste schmunzeln, als er in Juans strahlende Augen sah.

»Nachdem Philippes Verliebtheit auch seinen Geschwistern nicht verborgen geblieben war, zogen Laura und Anna ihn ständig auf. ›Oh, schaut nur unseren Märchenprinzen, er hat seine Prinzessin gefunden.‹ Es war keine einfache Zeit für Philippe. Er konnte an nichts anderes mehr denken und hatte nur noch den Wunsch, Marcia schnellstmöglich wiederzusehen. Philippe machte sich ernsthafte Sorgen, weil niemand eine Marcia kannte. Wo immer er nachfragte, ihre Schönheit beschrieb, die niemandem verborgen bleiben konnte, erhielt er als Antwort lediglich Kopfschütteln. ›Nie gesehen, kenne ich nicht, Marcia, komischer Name, wo soll die wohnen?‹ Antworten, die Philippe mehr und mehr verzweifeln ließen. Von nun an lief er jeden Freitag von morgens bis nachmittags über den Marktplatz. Keine Spur von Marcia. Philippe wurde immer trauriger. In diesem Gefühlszustand hatte ihn noch niemand erlebt. Seine Eltern versuchten ihn zu trösten. Ja, sogar seine Schwestern, die ihn anfangs aufgezogen hatten. Nichts, aber auch gar nichts war nur annähernd imstande, ihn aufzumuntern. Philippe versuchte sich schweren Herzens damit abzufinden, Marcia niemals wiederzusehen. Vielleicht war sie ja überhaupt nicht real.

Philippe befand sich am Sonntagabend mit seiner Familie in der Kirche, weil sie die Messe am Morgen ausnahmsweise versäumt hatten. Die Messe hatte bereits begonnen, als vier Personen an ihnen vorbeigingen und sich in einer Bank vor ihnen, auf der anderen Seite, niederließen. Die Gesichter waren nicht zu erkennen. In Philippe rührte sich etwas heftigst. Fortwährend richtete er seinen Blick auf die vier Menschen. Irgendwann wendete einer der Vier den

Kopf. Philippe versetzte es einen Stich ins Herz. Es hätte nicht viel gefehlt und er wäre von der Bank aufgesprungen. Marcia! Er hätte es am liebsten herausgeschrien. Seine Mutter ermahnte ihn zur Ruhe.

›Philippe, bitte, was ist?‹

›Mutter‹, flüsterte jener.

›Psssst, wir befinden uns in der Kirche.‹

›Da drüben sitzt Marcia. Ich kann es nicht glauben.‹

Seine Mutter folgte dem Blick ihres Sohnes, sah Marcia und war überwältigt.

Nach der Messe hatte Philippe nichts Eiligeres zu tun, als sich in die Nähe Marcias zu begeben. Am liebsten hätte er sie in der Kirche festgehalten, um sie nie wieder aus den Augen zu verlieren. Noch während der Messe hatte Philippe seinen Vater gebeten, Marcias Eltern anzusprechen, weil es unhöflich war und gegen die Sitten verstieß, wenn er sie anspräche.

Vor der Kirche wandte sich Philippes Vater an den Mann, der sich an Marcias Seite befand.

›Entschuldigen Sie bitte, darf ich mich vorstellen. Mein Name ist Fernandez.‹

›Garcia‹, entgegnete der Angesprochene und nickte kurz.

›Es handelt sich um meinen Sohn.‹

Philippe, der die ganze Zeit seine Augen auf Marcia gerichtet hielt und die Worte seines Vaters aufgeregt verfolgte, ging nun spontan auf Marcias Vater zu.

›Darf ich um die Hand Ihrer Tochter anhalten?‹

›Wie bitte? Wie kommen Sie denn – ehm – einen Moment mal, was geht hier eigentlich vor sich? Wer sind Sie überhaupt?‹

Philippe war fest entschlossen. Er war mehr als entschlossen.

›Entschuldigen Sie bitte. Mein Name ist Philippe. Philippe Fernandez. Ich habe Ihre Tochter vor einiger Zeit auf dem Markt gesehen. Ich liebe sie und möchte sie heiraten.‹

Allen hatte es die Sprache verschlagen. Philippes Vater fand als Erster seine Fassung wieder.

›Hast du die Frau überhaupt schon gefragt, mein Sohn?‹

Daraufhin ging Philippe zu Marcia.

›Möchtest du meine Frau werden?‹

Marcia verfiel in ein lautes Lachen.

›Ja‹, antwortete sie nach kurzem Zögern.

Ein kurzes Schweigen trat ein.

Die Anspannung löste sich.

Philippes Vater fand auch dieses Mal wieder die passenden Worte.

›Ich lade Sie und Ihre Familie herzlich am nächsten Sonntag zum Abendessen in mein Haus ein. Und ich würde mich im Namen meines Sohnes und Ihrer Tochter sehr freuen, wenn Sie die Einladung annehmen würden.‹

Marcias Vater schaute zu seiner Frau, dann zu seiner Tochter, dachte nach und willigte ein.

›Dann bis zum nächsten Sonntag‹, verabschiedeten sie sich.

Philippes Mutter hatte die ganze Zeit kein Wort über ihre Lippen bringen können. Erst jetzt fand sie ihre Sprache wieder.

›Jetzt kann ich dich verstehen, Philippe. So eine schöne Frau habe ich nie zuvor gesehen.‹

Seine Geschwister lachten und tuschelten.

›Lass uns nach Hause fahren‹, sagte Ángel bestimmt.«

Juan hatte hin und wieder die Luft angehalten.

»Ganz schön aufregend«, fügte Alfredo an.

»Ja, ganz schön aufregend«, lächelte Juan.

»Sie muss wunderschön sein, diese Marcia.«

»Es ist Zeit, Juan.«

»Schade, ich bin gespannt, wie es weitergeht.«

»Guten Heimweg, mein Freund.«

»Bis morgen, Alfredo.«

Juan freute sich so sehr für Philippe, musste an Julia denken und verdrehte die Augen. *Wie schön muss es sein, sich zu verlieben.*

In der Schule fiel Julia auf, dass Juan sie öfters und anders ansah als in den letzten Wochen, in denen er ihr kaum Beachtung geschenkt hatte. In Juan arbeitete es. Vieles hatte er erfahren, seit Alfredo in sein Leben getreten war. Und das Erfahrene veränderte ihn.

Die Tage wurden kürzer. Als Juan um halb vier auf der Bank saß, wurden Erinnerungen in ihm wach. Worte kamen ihm in den Sinn, die er liebte. *Wenn die Sonne in der Mitte zwischen den beiden Eichen steht.* Von Weitem erblickte er Alfredo. Mit seinem imposanten Stab, dem breiten Hut und langen Mantel wirkte er wie eine Erscheinung aus einer anderen Welt. Juan sprang von der Bank und lief auf seinen Freund zu.

»Alfredo, Alfredo!«

»Juan, du bist heute so aufgedreht. Was ist geschehen?«

»Ich habe mich so sehr auf dich gefreut.«

»Danke, das ist ein echtes Kompliment für einen Geschichtenerzähler.«

Sie setzten sich auf die Bank.

»Wo waren wir – «

»Philippe hatte Marcia in der Kirche wiedergesehen.«

»Ja, richtig, also – Ángel hatte Marcias Familie zum Essen eingeladen. Nach der Messe fuhren sie nach Hause. Laura und Anna nervten Philippe so lange mit Fragen, bis es ihm zu viel wurde und er sich auf sein Zimmer zurückzog.

Ich hätte bei Marcia bleiben sollen, dachte er. Wer weiß, ob sie überhaupt zum Essen kommt. Lange habe ich nach ihr gesucht, sie wiedergefunden und nach der Messe war sie wieder verschwunden. Philippe machte sich Vorwürfe, weil er sich einzig auf die Einladung seines Vaters verlassen hatte. Die ganze Woche über konnte niemand etwas mit ihm anfangen. Nur eines schwebte in seinem Kopf oder mehr in seinem Herzen – Marcia.

Laura und Anna begrüßten ihn nur noch mit *Marcia*. Sie meinten es nicht böse mit ihrem Bruder, doch sie nervten einfach nur. Bis seine Mutter einen Schlussstrich zog und ihre Töchter ermahnte, ihren Bruder in Ruhe zu lassen. Philippe hatte ihr uneingeschränktes Mitgefühl. Er war ein lieber Mensch und nun litt er. Liebeskummer kann sehr wehtun.

Philippe erschien diese eine Woche wie Monate, ja wie Jahre. Zu allem Überfluss regnete es in Strömen an jenem Sonntag. Hoffentlich kommen sie überhaupt bei dem Wetter, waren Philippes Gedanken. Gegen Abend hatte der Regen etwas nachgelassen. Doch die Wege waren aufgeweicht. Philippe lief in seinem Zimmer auf und ab und starrte ständig aufs Tor.

Kurz vor sieben erschienen sie. Im gleichen Augenblick hörte es auf zu regnen. Philippes Herz setzte einen Moment lang aus, als er die Kutsche sah. Er lief nicht die Treppe hinunter, er flog fast und rannte zum Tor. Als er in Marcias Augen sah, ging es ihm wieder gut. Zuallererst begrüßte er Marcias Mutter mit einer Verbeugung und einem angedeuteten Handkuss und dann ihren Vater, der stets streng schaute. Marcias Bruder Vincente, zwei Jahre älter als seine Schwester, war ebenfalls der Einladung gefolgt. Er war eine gepflegte Erscheinung mit intelligenten Gesichtszügen.

Nach und nach begrüßten sich alle und gingen ins Haus. Rosa reichte Gebäck und Likör. Philippes und Marcias Augen ließen keinen Augenblick voneinander ab. Freude und Glück waren ihnen anzusehen. Sie hatten sich gefunden, ja, mussten oder sollten sich finden. Marcias rotblondes Haar, das sie bei ihrer ersten Begegnung offen über der Schulter trug, war zu einem Knoten gebunden. Sie war eine außergewöhnliche Schönheit. Ihre Augen strahlten auf eine Weise, dass es jedem schwerfiel, sich von ihrem Anblick zu lösen.

Ángel und Rosa unterhielten sich angeregt mit Marcias Eltern. Das Übliche – woher stammt die Familie? Was machen die Geschäfte? Politik usw. Laura, Anna und Ramon widmeten Vincente ihre Aufmerksamkeit, einem attraktiven Mann, der wegen seiner zahlreichen Reisen viel zu erzählen wusste.

Während des Abendessens berichtete Marcias Vater von seinen Geschäften mit Gewürzen, die ihn des Öfteren nach Indien geführt hatten. Ein seltsames, doch interessantes Land, wie er bekräftigte. Ángel erzählte von der Familie und seiner Arbeit. Über Philippes besondere Gaben verlor er kein Wort. Vielleicht zu einem späteren Zeitpunkt, entschied er.

Marcias Vater fragte Philippe im Laufe des Abends, ob er den Heiratsantrag vor der Kirche ernst gemeint habe. Philippe nickte energisch. Und bekräftigte sein Anliegen erneut.

›Nun‹, sprach er und warf seiner Tochter einen kurzen Blick zu.

›Ich habe Marcia eine Woche Zeit gelassen, um über den Antrag nachzudenken. Sie hat zugestimmt. Von meiner Seite aus steht eurem Glück nichts im Wege.‹

Jetzt zeigte sich gar ein Lächeln auf seinem Gesicht. Ángel klatschte als Erster in die Hände. Die übrigen Gäste stimmten ein, hoben ihr Glas und stießen auf die Verlobung an. Philippe stand auf, ging zu Marcia und drückte sie verlegen.

›Ein wunderschönes Paar‹, meinte Rosa strahlend.

Philippe erfuhr den Grund, weshalb er Marcia nicht hatte finden können. Ihre Familie lebte auf einem Anwesen nahe einem kleinen Ort, der sich viele Kilometer vor der Stadt befand. Vincente hatte seine Mutter meistens zum Markt gefahren. Marcia begleitete ihre Mutter, wenn ihr Bruder auf Reisen war. Sie züchtete Pferde, pflegte den Kräutergarten, hatte drei Hunde, vier Katzen, Kaninchen und zwei uralte Schildkröten. Marcias Großmutter, leider schon verstorben, war eine Expertin für Kräuter und Natur. Von ihr stammte auch Marcias Schönheit.

Es war ein harmonischer Abend. Rosa, die das Essen mit der Magd zubereitet hatte, wurde immer wieder während des Mahls gelobt. Sie war eine hervorragende Köchin. Philippe fiel der Abschied von Marcia dieses Mal nicht so schwer, weil er nun sicher sein konnte, sie nicht nur wiederzusehen, sondern heiraten zu dürfen. Ángel versprach, mit Philippe der Familie in den nächsten Tagen einen Besuch abzustatten, um die Modalitäten der Hochzeitsfeierlichkeiten zu besprechen.«

Juan stieß einen langen Seufzer aus.
»Isssst das schön.«
Alfredo lachte. »Du bist mir einer.«
»Morgen um vier sehen wir uns wieder.«
»Bis morgen, Alfredo.«
Juan hüpfte von der Bank und lief froh gelaunt zwischen den Bäumen umher, deren Blätter sich schon färbten und zur Erde fielen.

»Nun erzähl schon«, begrüßte ihn seine Mutter, als er schmunzelnd die Küche betrat.
»Sie heiraten.«
Seine Mutter fand die Geschichte immer spannender, rührender, einfach herzergreifend. So musste Juan während des Abendessens stets wiederholen, was Alfredo ihm erzählt hatte.
»Sie heiraten«, wiederholte Monica. »Wie romantisch. Dieser Philippe muss ein schöner Mann sein. Den würde ich auch heiraten.«
»Zu spät«, entgegnete Juan. »Er wird Marcia heiraten. Außerdem kannst du ihn gar nicht heiraten, weil er in einer anderen Zeit gelebt hat.«
»Ach, was du nicht sagst«, protestierte Monica.
Abends im Bett erzählte Maria ihrem Mann die Geschichte. Der schüttelte nur den Kopf und musste

lachen. Juans Vater litt darunter, dass er wegen seiner Arbeit nicht viel Zeit für seine Familie hatte. Er liebte seine Frau und die Kinder und sie liebten ihn. Er war ein guter, verständnisvoller Vater. Und jede freie Minute, die er aufbringen konnte, verbrachte er mit seiner Familie. Deshalb waren die Sonntage auch immer ganz besondere Tage. Sie besuchten Sportveranstaltungen, gingen ins Abenteuerland, ins Schwimmbad, unternahmen Wanderungen, gingen in den Zoo oder ins Planetarium, um sich die Sterne anzusehen, was Juan besonders viel Freude bereitete.

Nun, je mehr Alfredo von Liebe sprach, desto mehr interessierte sich Juan für Julia. Er dachte oft an sie. Und jedes Mal geschah etwas mit ihm. *Vielleicht werde ich sie heiraten. Aber ich bin ja erst neun. Das hat noch Zeit.*

Das neue Schuljahr verlief recht erfreulich. Die gemeinsame Erledigung der Hausaufgaben mit Nicolas und Hector war genial. Jeder lernte von dem anderen. Nicolas war ein Ass in Mathematik, wovon auch Juan profitierte, weil es nicht sein Lieblingsfach war. Seit Hectors Vater sich seiner Familie und auch ihnen gegenüber freundlicher und aufgeschlossener verhielt, machten sie auch wieder in Hectors Elternhaus gemeinsam ihre Hausaufgaben. Juan fiel auf, dass Hectors Vater neue Hemden trug und sich rasiert hatte. Alfredo war der Meinung, dass, wenn Menschen einsichtig werden und ihre Ängste verlieren, sie sich zu völlig anderen Menschen entwickeln könnten. Nun mochten sie Hectors Vater. Juan war begeistert von dieser Wandlung und darüber, dass Menschen in der Lage sind, sich dermaßen zu verändern.

»Philippe fuhr mit seinem Vater zu Marcias Elternhaus«, setzte Alfredo die Geschichte am nächsten Tag fort.

»Marcia befand sich im Garten, als sie eintrafen. Sie winkte überglücklich, als sie ihren zukünftigen Bräutigam mit seinem Vater sah. Philippe sprang von der Kutsche und lief zu ihr.

›Philippe!‹, rief sein Vater und schüttelte den Kopf.

›Ihr seid noch nicht verheiratet. Was sollen Marcias Eltern von dir denken?‹

Philippe hörte die Worte seines Vaters nicht. Er hatte nur noch Augen für seine Verlobte. Marcia wusch sich die Hände in einem Kübel mit Wasser und ging mit ihren Gästen ins Haus, wo ihre Eltern sie freundlich begrüßten.

Während des Mittagessens unterhielten sie sich angeregt. Anschließend zog sich Ángel mit Marcias Vater in die Bibliothek zurück. Sie brauchten nicht lange, um die Formalitäten der Hochzeit zu klären. Über den Termin waren sie sich ebenfalls einig.

Philippe nutzte die Zeit, um sich von Marcia den Garten und das Grundstück zeigen zu lassen. Marcia erklärte ihm die Heilwirkungen der verschiedensten Pflanzen und war stolz auf ihre Sammlung. Philippe mochte den Geruch von Heu und Leder, der ihm im

Stall, in dem neun frisch gestriegelte und kräftige Pferde standen, in die Nase stieg. Er fühlte seinen Pulsschlag, als Marcia dicht neben ihm stand. Nach kurzem Zögern überwand er seine Schüchternheit, nahm sie in die Arme und küsste sie. Was kann es Schöneres im Himmel geben, dachte er, als er ihre Lippen berührte. Marcia löste sich spielerisch aus seiner Umarmung und lief davon. Philippe holte sie ein und küsste sie erneut.

Sein Vater gab ihm am späten Nachmittag zu verstehen, dass sie aufbrechen müssten. Schweren Herzens verabschiedete sich Philippe von Marcia und ihrer Familie.

›Da hast du dir eine Frau ausgesucht, wie es eine bessere nicht geben kann. Ich gratuliere dir zu deinem Entschluss. Im Dezember findet die Hochzeit statt.‹

›Danke, Vater, ich kann mein Glück kaum fassen.‹

Die Fahrt war kurzweilig, das Wetter gut. Philippe und sein Vater hatten sich immer etwas zu erzählen. Sie lasen viel in Büchern und waren zudem an vielen Dingen interessiert. Rosa drückte ihren Philippe nach der Ankunft. Sie freute sich für ihren Sohn.

So neigte sich das Jahr dem Ende zu. Die Hochzeit rückte näher. Die Familien hatten sich geeinigt, dass die Trauung in der Kirche St. Maria de Eunate stattfinden sollte, in der Marcia getauft worden war. Philippe war begeistert von dem Vorschlag. Es wurde eine Traumhochzeit. Die Hochzeitsgäste wunderten sich über Marcia, deren Schulter sich während der Messe ständig auf und ab senkte. Sie konnte ihre Freude nicht verbergen und musste ständig lachen. Philippe erging es ebenso. Seit er am Hochzeitstag die Augen geöffnet hatte, sah man ihm sein Glück an. Die Feierlichkeiten in Marcias Elternhaus zogen sich bis in die frühen Morgenstunden hin. Es wurde reichlich Wein getrunken und die erlesensten Speisen waren aufgetragen.«

Juan saß in sich gekehrt auf der Bank. Er sah müde aus, als wenn er die Festlichkeiten bis in den neu anbrechenden Tag miterlebt hätte.

»Das war's für heute, Juan.«

Der Angesprochene schreckte auf.

»Waaaar das schön.«

»Bis morgen, Juan.«

Juan drückte Alfredo fest an sich.

»Bis morgen, Alfredo.«

Noch in Gedanken bei der Hochzeit schlenderte Juan nach Hause. Seine Eindrücke gab er gleich an seine Familie weiter. Unbemerkt war Juan ebenfalls zu einem Geschichtenerzähler geworden.

Obwohl Juan gelernt hatte, sich in der Schule und auch zu Hause auf die wichtigen Dinge zu konzentrieren, waren seine Gedanken oft bei Philippe und Marcia. Was ja durchaus verständlich ist.

Am folgenden Tage saß Juan hin und her rutschend zeitig auf der Bank.

»Ich kann an deinem Gesicht ablesen, dass du es nicht erwarten kannst, wie es weitergeht«, begann Alfredo.

»Wie geht es weiter? Erzähl schon.«

»Philippe und Marcia führten eine glückliche Ehe. Irgendwann erzählte er Marcia von seinen Fähigkeiten. Daraufhin offenbarte seine Frau ihm ihr Geheimnis. Als sie sechzehn Jahre jung war, hatte ihr auf einem Markt eine alte Wahrsagerin ihre Zukunft vorausgesagt. Dass sie einen Mann mit besonderen Eigenschaften kennen lernen und ihn ehelichen würde. Und dass sie eine glückliche Ehe führen würden.

Ángel kaufte für Philippe und Marcia ein Anwesen mit einem kleinen Haus, wo Marcia ihre Tiere halten und einen Kräutergarten anlegen konnte. Das Haus befand sich nicht weit entfernt von Philippes Elternhaus, sodass er weiterhin Miguel helfen konnte, Menschen zu heilen. Miguel war ein großzügiger Mensch und gab Philippe von seinem Reichtum.

Marcia schenkte Philippe drei Kinder. Der Erstgeborene erhielt den Namen Fernando. Das zweite Kind wurde auf den Namen Rosa getauft und das dritte erhielt den Namen Ángel.

Philippe wurde ein berühmter Arzt und einer der bedeutendsten Philosophen und Schriftsteller seiner Zeit. Er folgte stets seinen Eingebungen, die, wie er sich sicher war, göttlichen Ursprungs waren und ihm seinen Lebensweg wiesen. Das war einer der

Gründe, weshalb er ein Buch über seine Erfahrungen schrieb. Dieses Buch half vielen Menschen, gesund zu werden und zu erkennen, dass auch sie Fähigkeiten besaßen, die ihnen zuvor nicht bewusst waren. *Glauben* war ein großes Thema in dem Buch. Ihm war klar, dass wir mit unserem Glauben *erschaffen*. Glauben ist *schöpferisch*. Wir haben Macht und die Kraft zu *erschaffen*, unser Leben zu gestalten, es zu lenken. *Wir* bestimmen, welchen Weg wir gehen. *Wir* suchen uns unsere Partner aus, den Ort, an dem wir leben, mit welchem Umfeld und mit welchen Menschen wir uns befassen. Mit unserem Glauben bilden wir die Zukunft. Das, was wir glauben, tritt irgendwann ein. Wenn wir glauben, dass wir dumm sind, dann handeln wir ebenso. Unser Geist gehorcht uns. Wenn wir jedoch glauben, dass wir dieses oder jenes vollbringen können, so wird es geschehen. Ähnlich verhält es sich mit der Gesundheit. Wenn ich ständig glaube, krank zu sein, wie sollen die Milliarden Zellen in meinem Körper wohl auf solche Gedanken reagieren? Unsere Zellen gehorchen uns. *Wir* sind der Chef in unserem Körper. Wer auch sonst? Wenn ich meinem Bein signalisiere, dass es sich bewegen soll, dann bewegt es sich. Mein Mund spricht Wörter aus, die ich ihm vorgebe. Wir haben einen freien Willen, wir entscheiden, wir sagen *ja* oder *nein*, gehen diesen oder jenen Weg. Der einzige Mensch, der uns glücklich machen kann, sind wir selbst. Wir lieben uns und wir bestrafen uns. Wenn wir andere verletzen, fügen wir uns selbst am meisten Schaden zu. Auch wies

Philippe darauf hin, Dankbarkeit nicht zu vergessen. Dankbar zu sein für unsere Kinder, Eltern, Partner, Freunde, unsere Gesundheit, für das Essen und die einzigartige Natur, die unser Leben verschönert und bereichert. Und Reichtum – das ist die Blume, ein Lächeln, ist Trost, ein Wort zur rechten Zeit, das ist Zuhören, eine Hand, die sich auf die Schulter eines Mitmenschen legt, wenn er sie braucht. Reichtum – ist unser Leben, ist die Liebe.«

»Alfredo, gehorchen unsere Zellen uns wirklich?«

»Ja, sicherlich. Sie gehören zu dir, sie leben in dir. Dein Körper besteht aus Seele, Geist und deinem physischen Körper. Und alles gehört zusammen. So, wie die Erde *eins* ist. Und somit alle Menschen miteinander verbunden sind. Wenn irgendjemand auf dieser Erde etwas verändert, so verändert er damit das Ganze. Jedes Wort, jeder Gedanke und das, was wir glauben, verändert die ganze Welt. Und ich sage es immer wieder, weil es so wichtig ist, dass die Menschen auf ihre Gedanken, Worte und auf das, was sie glauben, achten sollen. Zumal alles zu ihnen zurückkehrt. Derjenige, der gibt, erhält. Was immer einer festhalten möchte, das entrinnt ihm. Wenn ich Liebe erfahren möchte, sollte ich Liebe geben. Wenn ich Vertrauen erhalten möchte, ist der beste Weg dorthin, Vertrauen auszusenden. Wer freundlich behandelt werden möchte, erhält dies, indem er Freundlichkeit gibt. Ein sicherer Weg, Reichtum zu erlangen, ist Reichtum zu verbreiten. Damit ist nicht ausschließlich materieller Reichtum gemeint. Denn derjenige ist reich, der geben kann. Wer seinen Reichtum krampfhaft hinter dicken Mauern festzuhalten versucht, ist ein armer, ängstlicher Mensch. Bei den Indianern war der Häuptling der mächtigste und reichste Mann, weil er das Wertvollste, das er besaß, verschenkte. Wegen des Nehmens und Erhaltens braucht sich kein Mensch auch nur einen Moment Gedanken zu machen. Das, was er gibt, wird er empfangen. Wenn nicht sofort, dann zu einem späteren Zeitpunkt, in welcher Form auch immer.«

Juan dachte angestrengt nach. »Klar«, meinte er.
»Ist doch so klar. Wieso wissen das so wenige, Alfredo?«

»Es wissen so wenige, weil die meisten von Kindesbeinen an falsche Informationen erhalten. Eltern, die es nicht besser wissen, können ihren Kindern nur das vermitteln, was sie selbst gelernt haben und was ihrem Wissensstand entspricht. Ich kann nichts weitergeben, was ich nicht innehabe. Im Laufe der nächsten Jahrhunderte werden immer mehr Menschen erfahren, was der Wahrheit entspricht. Immer mehr werden den Weg der Erkenntnis gehen und damit das Leben auf dieser Erde entscheidend in die wahren Bahnen weisen. Die negativen Mächte können dies nicht verhindern. Liebe, Gebete und Licht sind um ein Vielfaches stärker als alles Böse, Terror und jede Kriegsmaschinerie dieser Erde.«

»Das glaube ich auch«, sagte Juan.

»Ist es Zeit?«

»Ja, Zeit, nach Hause zu gehen.«

Juan sprang auf, drückte Alfredo und machte sich auf den Weg. Während er die gelben und braunen Blätter auf dem Gehweg betrachtete, arbeitete es in seinem Kopf. Alles war ja so einfach. Wieso machten die Erwachsenen das Leben denn so kompliziert? Es ist doch klar, dass das, was ich denke und glaube, auch so ist. Hector hatte immer geglaubt, dass er dumm sei. So hat er auch gelebt. Und sein Vater hat es ihm auch gesagt. Bis ihn die Lehrerin wegen seines Aufsatzes über den Bauernhof lobte. Er hat sogar eine Zwei bekommen. Die erste Zwei in seinem Leben. Sein Vater hatte ihm daraufhin sogar ein Ferrari-Model, das schon immer sein Traum war, geschenkt. Von diesem Tage an ging es mit Hectors Leistungen stets aufwärts.

Juan befand sich am nächsten Tag, voller Vorfreude, auf dem Weg zum Park. Doch da war seit Tagen ein bedrückendes Gefühl, das er nicht einzuordnen vermochte. Und immer stellte es sich ein, wenn er an Alfredo dachte. Juan erzählte Alfredo von seinen Empfindungen. Der wusste gleich den Grund.

»Ich habe eine Vermutung, sage es dir später«, war seine Antwort.

»Ja, gut«, nickte Juan.

»Wo waren wir stehen geblieben?«

»Philippe wurde Vater von drei Kindern. Sein Sohn bekam den Namen Fernando.«

»Ja, Philippe beschäftigte sich mehr und mehr mit dem Glauben, las in der Bibel und machte sich so seine Gedanken.«

»Alfredo«, unterbrach ihn Juan.

»Über das Wort *Glauben* habe ich mir die letzten Tage auch viele Gedanken gemacht.«

»Glauben ist wirklich wichtig für die Menschen. Leider wissen es die wenigsten und geben ihre Verantwortung und Macht ab. Und das ist schade. Denn alle können eigenständig entscheiden. Das Paradoxe an der ganzen Sache ist, dass es genau das ist, was sich die Menschen seit ewigen Zeiten wünschen, weil sie meistens unterdrückt wurden. Leider bemerken sie nicht, dass sie heutzutage von vielen Seiten beeinflusst werden, demzufolge ihre Eigenständigkeit aufgeben und Wege gehen, die nicht die ihren sind, die andere ihnen vorgeben, um daran zu verdienen oder Nutzen daraus zu ziehen.

Zurück zu Philippe. Immer wenn er in die Augen eines Babys schaute, überkam ihn nichts als Liebe. Diese kleinen wundervollen Wesen bestanden nur aus Liebe. Philippe konnte sich einfach nicht vorstellen, dass irgendjemand, der ein Baby in seinen Händen hielt, auf den Gedanken kommen könnte, dass es fehlerhaft sei. Babys sind genauso vollkommen wie das Universum, das einfach grandios ist und nicht durch Zufall entstanden sein kann.

Philippe erzählte Marcia und seinen Kindern des Öfteren von Fernando, Dolores und Finisterre. Im Laufe der Jahre reifte eine Sehnsucht in ihm. Oft sprachen sie von Finisterre, vom Leben am Meer, vom Fischen, von Ruhe, von der Unendlichkeit des Horizonts. Bis sie eines Tages ihr Hab und Gut zusammenpackten, ihr Anwesen Philippes Geschwister übergaben und sich auf den Weg nach Nordwestspanien machten. Es gab noch einen Grund, weshalb sie die Stadt verlassen wollten. Philippe hatte sich mit seinen Büchern Feinde unter den Kirchenführern geschaffen, die nicht akzeptieren konnten, dass jemand behauptete lediglich durch seine Vorstellungskraft heilen zu können. Er sah sich mehr und mehr Anfeindungen ausgesetzt. Als er bemerkte, dass seine Familie ebenfalls darunter litt, fasste er den Entschluss wegzugehen. Natürlich fiel allen der Abschied von ihren Familien und Freunden schwer, doch es blieb ihnen keine andere Wahl. Trotz des Abschiedsschmerzes reifte Freude in Philippe, im Land seiner Vorfahren zu leben.«

Alfredo machte eine Pause.

»Juan, ich muss dir etwas sagen.«

Juan erschrak, als er in die Augen Alfredos sah. Sein Herz schlug schneller.

»Mein lieber Freund, jede Geschichte geht einmal zu Ende. Und so endet diese heute. Doch sei nicht traurig, die Geschichte wird dich dein ganzes Leben lang begleiten. Denn eine Geschichte endet nicht wirklich. Sie wird in deinem Herzen und deiner Seele weiterleben. Wo *eine* Geschichte aufhört, beginnt eine *andere*. Eine Geschichte kann nicht sterben.«

Juan konnte seine Tränen nicht zurückhalten. Die Stimme versagte ihm. Er drückte Alfredo fest an sich.

»Zeig mir den Stein, Juan.«

Juan kramte in seiner Hosentasche und holte den Stein hervor. Alfredo nahm ihn aus seiner Hand und hielt ihn vor Juans Augen.

»In diesem Stein bin auch ich. Immer, wenn du eine Frage hast, nimm ihn, reibe an ihm und er wird dir Antworten geben. Wenn nicht sofort, dann zu einem späteren Zeitpunkt. Mit diesem Stein werde ich immer bei dir sein. Die Geschichte deines Lebens nimmt ihren Lauf. Dein Leben wird von Erfolg gekrönt sein. Du wirst ein glückliches Leben führen. Und denke stets daran, *glaube es*. Du bist reine, wahre Liebe, du hast es verdient, glücklich, gesund und wohlhabend zu sein. Es ist Zeit, nach Hause zu gehen, und danke für dein Zuhören.«

Alfredo stand auf. Juan bekam noch immer kein Wort heraus. Alfredo wischte ihm die Tränen ab und nahm ihn in seine Arme.

»Gott segne dich, mein Freund«, waren die letzten Worte, die er an ihn richtete.

Juan schaute ihm lange nach. Er hatte es die letzten Tage gefühlt, seine Mutter und sein Vater hatten es ihm auch gesagt, dass irgendwann die Geschichte enden würde. Er wusste es, doch er hatte es nicht wahrhaben wollen. Es tat weh. Juan bemerkte erst jetzt, dass er seinen Stein die ganze Zeit über fest in der Hand hielt. Dann musste er plötzlich lachen. *Alfredo wird immer bei mir sein. Immer!* Ein Glücksgefühl, eine Wärme legten sich auf sein Herz. Juan spürte Energien, die sich in seinem Körper ausbreiteten, jede Zelle benetzten und ihm ein Hochgefühl bereiteten. Ein Strom des Lebens. Er rieb fortwährend an dem Stein. Hin und wieder flossen vereinzelt Tränen über sein Gesicht, doch die Liebe, die überwog, schien sie jedes Mal zu trocknen. Juan wurde vieles bewusst. Er war reichlich beschenkt worden, durch die Geschichte, durch Alfredo, einen Menschen, wie es nicht viele auf dieser Welt gibt. Das erfüllte ihn mit Stolz, mit Dank. Er liebte Alfredo, einen Geschichtenerzähler, den nur der Himmel selbst ihm gesandt haben konnte. Juan wusste nicht, wie recht er mit diesem Gedanken hatte.

»Was ist geschehen?«, fragte ihn seine Mutter, als er nach Hause kam.

»Die Geschichte ist zu Ende.« Wieder musste er weinen.

Seine Mutter nahm ihn in die Arme, drückte ihn fest an sich.

»Tut mir leid für dich, Juan. Du hast sie so geliebt. Und wir auch. Möchtest du uns erzählen, wie sie zu Ende gegangen ist.«

Juan nahm das von seiner Mutter gereichte Papiertaschentuch, putzte sich die Nase, trocknete seine Tränen und setzte sich an den Tisch.

»Philippe ist mit seiner Familie nach Finisterre gezogen.«

»Irgendwie habe ich das immer vermutet«, sagte daraufhin seine Mutter.

An diesem Abend war die ganze Familie traurig. Erst als der Vater erschien und ihm das Ende der Geschichte erzählt wurde, lockerte sich die Anspannung. Und aus irgendeinem Grunde waren sie nicht ganz unglücklich, dass die Geschichte ein Ende gefunden hatte.

Natürlich beeinflusste die Geschichte Juans Leben entscheidend. Sicher fehlten ihm die Nachmittage mit Alfredo im Park. Aber etwas anderes trat in sein Leben. Juan entwickelte einen Ehrgeiz, eine Wissbegierde, was Gott, das Leben und das Universum anbetrafen. Er begann seine Erfahrungen und Eindrücke aufzuschreiben. Seine Mitmenschen sahen ihm an, dass er das Leben liebte und glücklich war. Der blaue Stein in seiner Tasche war ihm eine große Stütze, er verlieh ihm Kraft und Vertrauen, besonders in jenen Momenten seines Lebens, in denen er vor harte Proben gestellt wurde.

Juan wuchs heran, machte sein Abitur, studierte Medizin und Theologie und beschloss, die Welt reisend zu erkunden. Seine erste Reise führte ihn nach Nordspanien, nach Finisterre. Tiefe Gefühle begleiteten seine Spaziergänge an verfallenen Häusern vorbei und Gräbern, dessen Beschriftungen verwittert und nicht mehr zu entziffern waren. Vor einem Grab hielt er inne. Eine starke Ahnung sagte ihm, wer an diesem Ort seine letzte Ruhestätte gefunden hatte. Er setzte sich neben den Grabstein und blickte über das weite blaue Meer.

Später bereiste er alle Kontinente dieser Erde, beschäftigte sich mit fremden Kulturen, Religionen, Sitten und Gebräuchen und lernte viel von ihnen. Oft spürte er die Anwesenheit Alfredos, dessen Worte manchmal gegenwärtig waren.

Juan Lopéz wurde ein angesehener und beliebter Arzt. Im Alter von 43 Jahren zog er mit seiner Frau und seinen beiden Töchtern in die Nähe Barcelonas, ans Meer. Er glaubte stets den Worten Alfredos, dass sein Leben in glücklichen Bahnen verlaufen werde. Seine Patienten schmunzelten über ihn und nannten ihn scherzhaft ›den blauen Doktor‹. Wenn er seine Patienten behandelte, lag stets der Stein auf seinem Schreibtisch. Juan legte sehr viel Wert darauf, an seinen Patienten nicht nur Geld zu verdienen, sondern ihnen auch mitzuteilen, dass sie ihr eigener Heiler sind. Er klärte sie über ihr Immunsystem auf, das perfekt ausgestattet und Krankheiten zu heilen imstande ist. Und er sagte ihnen, dass sie mit ihren Gedanken ihre Gesundheit beeinflussen können. Auch fügte er hinzu, dass kein Mensch schuldig ist, wenn er krank wird oder mit einer Erkrankung zur Welt kommt.

Nach Jahren reiste Juan wieder in die Stadt, in welcher der Grundstein für sein erfülltes Leben gelegt worden war. Natürlich zog es ihn zum Park. Als er seine Lieblingsbank erreichte, wurde ihm warm ums Herz. Er musste an Alfredo denken, setzte sich und schaute auf die beiden Eichen. Eine Träne lief über seine Wange, als er bemerkte, dass in jenem Moment die Sonne genau in der Mitte zwischen den beiden Eichen stand.

– Ende –

Die Geschichte endet hier. Doch wie immer in Manolos Büchern, lebt auch diese Geschichte weiter in dir und in allem. Denn alles lebt ewig. Ich wünsche ALLEN Menschen Liebe und Frieden in ihren Herzen.

Manolo Link, freier Schriftsteller

Epilog

Alfredo war ein Nachkomme des heiligen Leonardo. Er wurde zur Erde gesandt, um Juan und mit ihm möglichst vielen Menschen in ihrem Leben behilflich zu sein. Fernando wusste, dass er zu Leonardos Familienstamm gehörte. Ihm war aufgetragen worden, dieses Geheimnis nicht preiszugeben.

Das Buch ist ebenfalls bei amazon.de als ebook erschienen.

Danksagung

Ich danke Jean für ihre Liebe und ihren Glauben an mich. Meinen Eltern, meinem Bruder Dieter, meinen geliebten Kindern Ramona und Markus, meiner lieben Schwiegertochter Sandra, ihrer Familie, Liam, Claudia, Lorna Byrne, Mario, Anika, Luis und Jeans Familie.

Ich bedanke mich bei Monika Thees für ihr wertvolles Lektorat, das ich sehr zu schätzen weiß. Vielen Dank an Paula Nolan für die Gestaltung des Covers.

Sehr viel verdanke ich unseren Freunden in Fisterra, Spanien, Dublin, Irland, in Deutschland, Österreich, Schweiz, in den USA, in Bali, in der Schweiz und wo sie sonst noch auf der Erde leben.

Ein großes Dankeschön geht an Rüdiger Heins für mein Stipendium an seinem INKAS-Institut für Kreatives Schreiben in Bad Kreuznach.

Vielen Dank an Jando, Lisa, Florentine, Isabelle und an alle, die bei der Kulturchallenge mitwirken.

Ich bedanke mich bei Angelika Baum, Eddy Wildenburg, Andrea und Andreas Weyrauch, meinem wundervollen Pressehelferteam.

Vielen Dank an meine Freunde Willi, Rosi, Sigi, Susi, Rolf, Renate, Frank, Anja, Carl Jung und seine Familie und meine lieben Pilgerfreunde in Paderborn.

Mein Dank gilt unseren Freunden Najat, Younes, Razan, Ranim, Bas und Serene.

Und ich bedanke mich bei allen Menschen, die hier nicht namentlich erwähnt sind, denen ich in meinem Leben begegnen und mit denen ich wachsen und lernen durfte.

Über den Autor:

Manolo Link,

geboren 1955 in Frechen bei Köln, lebt als freier Schriftsteller in Kerpen, Rheinland und Dublin, Irland. Manolo ist Autor von *Fisterra, Philippe, Insua, Hanna – Eine irische Liebesgeschichte, Liebe endet nie, Joi und die Weltenretter, Ein neues Leben auf dem Jakobsweg, Maria Milena und Ein neues Leben auf Bali.*

Ins Englische übersetzt und publiziert *A New Life on Bali.*

In den letzten sechszehn Jahren, seit seiner ersten Buchveröffentlichung, hat sich Manolo Link einen beachtlichen Ruf aufgebaut. Durch seine regelmäßige Medienpräsenz in Zeitungen, Magazinen, Radio und TV in Deutschland, Amerika, Irland, in der Schweiz, Österreich, Bali, Indonesien und Spanien hat er seinen Leserkreis stets vergrößert.

Lesungen, Interviews und Präsentationen auf der Buchmesse in Leipzig, Frankfurt, Wien, im Goethe-Institut und am Trinity College in Dublin haben seinen Bekanntheitsgrad weiter gesteigert.

Er wurde 2018 als professioneller Autor in das Irish Writers Centre aufgenommen.

Seine Erfahrungen auf dem Jakobsweg wurden in dem Buch von Stefan Albus *Jakobsweg - und dann?*, Gütersloher Verlagshaus, veröffentlicht. Er studierte Kreatives Schreiben bei Rüdiger Heins am INKAS-Institut für Kreatives Schreiben in Bad Kreuznach.

Von Manolo Link bereits erschienen:

Ein neues Leben auf Bali
Eine wahre Geschichte von Liebe,
Mystik und Hoffnung

Kurzbeschreibung:

Nach Lebenskrisen fanden Gisela und Mano zueinander. Bali war oft Ziel ihrer Reisen. Doch die Insel der Götter sollte noch eine andere Bedeutung für sie bekommen. Bereits als Gisela zum ersten Mal Bali betrat, hatte sie das Gefühl, nach Hause zu kommen.

Dieses Buch wurde vom Karina Verlag mit dem Preis BEST AUTHOR 2018 in Gold ausgezeichnet.

Ausgezeichnet mit

Ins Englische übersetzt und publiziert.

Translated and published in English:

A New Life on Bali

An inspiring true story of love, loss and hope

After many difficulties in their own lives Mano and Gisela found happiness together. They became frequent visitors to Bali. Since Gisela first visit she had been deeply touched and charmed by the island, its heartwarming people, its sacred secrets and its colours. She had the feeling of coming home. Many years later the circle closed in a very special way. A true story of a big love.

»Manolo Link is an inspiration. His curiosity, determination and willingness to change his life are an example to us all.«

Lorna Byrne, international bestselling author of Angels in my Hair.

»This book moved me deeply. It describes a great love between two people with all ups and downs, embedded in a homage to Bali and its people.«

Johann Hartmann, alternative practitioner

»Manolo Link's book touches the reader's soul in a deep way.«

Michael Fromm, Author of Führen aus der Mitte

BEST AUTHOR 2018 in Gold

from Karina Verlag, Vienna

Available also as paperback

Joi und die Weltenretter

Kurzbeschreibung:

Der siebenjährige Joi gründet mit einigen Gleichaltrigen den Verein »Die Weltenretter«. Die Freunde wollen die ständigen Probleme der Erwachsenen nicht länger hinnehmen, sondern suchen in ihren Kinderherzen nach Lösungen für eine bessere Welt. Ob ihnen dies gelingt?

Eine durchaus wahre Geschichte aus der erlebnisreichen Kindheit des Autors.

»Mit bewundernswerter Einfühlung trifft Manolo Link die Sprache seiner Protagonisten und verleiht den „Weltenrettern" Glaubwürdigkeit und Herzenswärme.«

Monika Thees, Autorin

Fisterra – Pilgergeschichten vom Ende der Welt

Kurzbeschreibung:

Im letzten Teil seiner Trilogie nach *Philippe* und *Insua* führt uns Manolo zurück an die Anfänge. Am Ende seiner Pilgerschaft auf dem Jakobsweg erreicht er 2005 Fisterra und weiß nicht, was ihn hier am Ende der Welt erwartet. Von seinem neuen Leben, seiner neuen Liebe und wunderbaren Begegnungen mit Menschen aller Nationen erzählt er in seinem neuen Buch.

Die Vorsehung weiß von unseren Wegen.

»Es geht um einen Neuanfang, eine neue Liebe, um Begegnungen und Freundschaften, um einen Ort und seine Bewohner – eine sehr persönliche Chronik und liebevolle Erinnerung an Fisterra.«

Monika Thees, Autorin

INSUA

**Eine magische Fabel vom Ende der Welt,
die Herzen öffnet**

Kurzbeschreibung:

Philippe, ein junger Heiler, folgt der Stimme seines Herzens und zieht im Jahre 1855 von Pamplona nach Fisterra. Im Land seiner Ahnen werden ihm auf seinen Erkundungen Weisheiten vermittelt, die ihn noch intensiver an die Wunder des Lebens glauben lassen. In einer Höhle wird ihm offenbart, dass Fisterra vor Urzeiten eine Insel im Atlantik war, die von den Einheimischen heute noch INSUA genannt wird. Unzählige Fragen tun sich auf.

»*Insua* ist ein einzigartiges Buch, in dem Vorstellungen von einer friedlicheren Welt auf mystische Weise dem Leser vermittelt werden. Großartig, spannend und einfühlsam geschrieben.«

Martin Urbanek, Autor

Liebe endet nie

Eine Liebesgeschichte voller Hoffnung,

die Herzen berührt

Kurzbeschreibung:

Marie und Marc führen eine glückliche Ehe, bis eine unvorhersehbare Situation ihr Lebensglück zerstört. Können sie trotz ihrer Verletzungen wieder zu einem neuen gemeinsamen Leben finden? Ein faszinierender Liebesroman, der aufzeigt, wie der Mensch durch Vergebung, Selbstliebe und Freunde Wege aus Krisen zurück zum Lebensglück finden kann.

Dieses Buch wurde vom Karina Verlag mit dem Preis BEST AUTHOR 2020 ausgezeichnet.

»Einfühlsam und tiefgehend schreibt Manolo Link über den Zauber der Liebe. Mich hat es sehr berührt, darin zu lesen.«

Jando, Bestseller-Autor

Maria Milena

Kurzbeschreibung:

Die kleine Krabbe Milena krabbelt ihre eigenen Wege und macht sich auf, die Welt zu entdecken. Ihr Schutzengel Maria, eine weiße, strahlende Möwe, ist stets an ihrer Seite und beantwortet die unzähligen Fragen, die Milena keine Ruhe lassen. Ganz besonders interessiert sie die Menschen und das, was diese mit der Erde anstellen. Lassen Sie sich von Milena auf ihrer Abenteuerreise verzaubern. Ein Lesevergnügen für jedes Alter.

Milena und Maria zeigen den Menschen Lösungen für ihre Probleme auf und wie sie ihre Erde erhalten können.

»Eine kleine sprechende Krabbe zieht es in die Welt. Wir erleben ihre Abenteuer und sind berührt. Ein schönes Buch, keineswegs nur für junge Leser.«

Monika Thees, Autorin

Ein neues Leben auf dem Jakobsweg

Ancora am Ende der Welt

Kurzbeschreibung:

Eine wahre Geschichte von einem, der auszog, nichts suchte und seinen Lebenstraum fand. Mano hatte alles in seinem Leben verloren, seine Frau, seine Arbeit und sich selbst. Nach Jahren der Depression machte er sich auf den legendären Jakobsweg und fand, ohne danach gesucht zu haben, eine wundervolle Frau, ein neues Leben in Irland, gute Freunde, seine Berufung und letztendlich sich selbst wieder. Als Mano das Suchen aufgab, fand er.

»Manolo Link ist eine Inspiration. Seine Wissbegierde, Zielstrebigkeit und Willen, sein Leben zu verändern, ist ein Beispiel für uns alle.«

Lorna Byrne, internationale Bestseller-Autorin von

Engel in meinem Haar

»Eine Geschichte, in der Finisterre eine wichtige Rolle einnimmt. Hier im Hotel Ancora ereigneten sich richtungsweisende Begegnungen, inklusive einer neuen Liebe.«

La Voz de Galicia, Spanien

»Schon das erste Buch von Manolo Link erfreute sich großer Beliebtheit, weil es authentisch ist und dennoch etwas Mysteriöses an sich hat.«

Kölnische Rundschau

Ein neues Leben auf dem Jakobsweg ist als Taschenbuch und E-Book bei amazon.de erhältlich.

Hannah – Eine irische Liebesgeschichte

Kurzbeschreibung:

Liebe finden ohne Suchen Hannah zieht nach Jahren stressiger Arbeit eine Auszeit in Irland einer Kurmaßnahme ich Deutschland vor. Im Land der Feen und Kobolde begegnet sie Noel, einem weisen Musiker, der etwas in ihr auslöst, was ihr Herz tief berührt.

Eine Liebesgeschichte die wahre Liebe in einem mystischen Land beschreibt

»Liebe ist bedingungslos! Diese Maxime hat Manolo Link mit Hannahs irischer Liebesgeschichte zu Herzen gehend umgesetzt.«

Angela Baum, ehrenamtliche Netzwerkerin

»Diese berührende Liebesgeschichte verstärkt das Bewusstsein für das allumfassende große Ganze, dafür, dass wir Menschen alle mit allem verbunden sind. Mit Enthusiasmus und Eindringlichkeit möchte Manolo Link unsere Sicht dahingehend erweitern, dass allumfassende Liebe der Schlüssel zum Frieden ist.«

Heidi Flechtner

Weitere Informationen über Manolo Link unter:

Website: www.manololink.com

Facebook: Manolo Link, Author

Twitter: @manololink

Instagram: manololink7